D1431609

Volavérunt

Colección Autores Españoles
e Hispanoamericanos

Esta novela obtuvo el Premio Editorial Planeta 1980, concedido por el siguiente jurado: Ricardo Fernández de la Reguera, José Manuel Lara, Antonio Prieto, Carlos Pujol y José María Valverde.

Antonio Larreta

Volavérunt

Novela

Premio Editorial Planeta
1980

Planeta

Editorial Planeta, S. A., Córcega, 273-277, Barcelona-8 (España)

Diseño colección y sobrecubierta de Hans Romberg (realización de Jordi Royo)

Ilustración sobrecubierta: grabado de F. de Goya de la serie «Los caprichos», Biblioteca Nacional, Madrid (foto Salmer)

Primera edición: noviembre de 1980

Depósito legal: B. 32357 - 1980

ISBN 84-320-5535-2 (encuadernación)
ISBN 84-320-6433-5 (rústica)

Printed in Spain - Impreso en España

Impreso y encuadernado por Printer industria gráfica sa
Provenza, 388, Barcelona - Sant Vicenç dels Horts, 1980

PRIMERA ADVERTENCIA

Si mi madre no se hubiera casado tantas veces por dinero, y no hubiera sido al mismo tiempo tan indiferente a los bienes materiales salvo cuando adoptan la ascética y abstracta forma de una cuenta bancaria, es probable que este libro no se hubiera publicado nunca. Pero una de sus últimas recomendaciones, en su lecho de muerte —en el que debo decir no dio muestra alguna de desfallecimiento su glorioso pragmatismo— fue que cualquiera de sus hijos, provisto de unas oportunas llaves, viajara a París, abriese una antigua casa de la Rue Neuve des Mathurins, y dispusiese de todos los muebles, objetos, chismes y bagatelas que quedaron allí soterrados desde 1940, sobreviviendo una ocupación, una guerra de liberación, al general De Gaulle, al mayo del 68 y a la especulación inmobiliaria. «No creo que lo que allí encuentren justifique una gala de Sotheby's —murmuró con voz débil, pero su energía intelectual intacta—. El bueno de Lorenzo era un avaro y dado lo que el juez me otorgó en el divorcio, que fue una tajada salvaje, y las dificultades de sus últimos años, lo más probable es que haya liqui-

dado sus pocas reliquias de familia entre sus amigos del exilio, pero... ¿quién dice que no haréis allí un hallazgo interesante?» Yo fui el hijo designado para viajar a París, y esta Memoria que hoy doy a publicación fue, entre un mobiliario Segundo Imperio de por lo menos tercer orden, brocatos estremecidos de polillas y una pequeña biblioteca de «Prix Goncourt» y otras novedades francesas de la época, mi hallazgo interesante...

Tras cuatro matrimonios felices y fructíferos, ya en los albores de la segunda guerra mundial mi madre decidió dos cosas: casarse una quinta vez por amor y elegir un pequeño país sudamericano como el refugio más seguro en aquel momento para disfrutar en paz y al mismo tiempo de mi padre y de su fortuna. Ambas decisiones se verificaron, con los años, sendos errores de cálculo. El amor de mi padre y la seguridad de aquel paisillo se fueron deteriorando de una manera sincrónica. Si el uno la atormentaba con sus celos, incluso retrospectivos, el otro la decepcionó —y terminó traicionándola— con una crisis económico-social que empezó insidiosamente y terminó en el caos, la violencia y la quiebra. En los últimos años de su vida, mi madre tuvo que recurrir a sus últimas reservas de buen humor para afrontar un marido maniático, unas rentas exiguas y varios nietos guerrilleros. Y así, la casa otrora desdeñada de la Rue Neuve des Mathurins, un legado que en su tiempo le había parecido casi una muestra de avaricia, se convirtió en uno de los pocos tesoros que podía repartir antes de morirse, junto a sus últimas alhajitas, algunos abrigos de pieles, ya opacos y raídos, sus Bonos del Estado (de un Estado en temible bancarrota) y eso sí, sus deliciosos y todavía vivísimos recuerdos de su dorada juventud. «Errare humanum est» fueron sus últimas palabras. Las exhaló con un profundo suspiro, y murió. Supongo que en ese error nos involucraba a todos: al país, a mi padre, a sus hijos, a sus nietos, el triste saldo de sus últimos cuarenta años. Pobre madre. Ojalá mi «hallazgo interesante» le procure algún consuelo postrimero.

Lorenzo de Pita y Evora, Marqués de Peñadolida, fue, creo, el tercer marido de mi madre. La conoció en Biarritz por 1932. Ella estaba inaugurando su segunda viudez —la del inglés que consolidó su fortuna— y él se había marchado de España, en las huellas de Alfonso XIII, optando por las relativas durezas de un exilio francés. Estuvieron casados no más de dos años, pero mi madre ha de haberle producido una perdurable impresión, porque al expolio del divorcio agregó, como si fuera poco, por voluntad propia y final, el legado de la casa de la Rue Neuve donde habían pasado aquel breve intermezzo *amoroso.*

No sé si el Marqués encontró los manuscritos que constituyen este libro en el mismo desván en que los encontré yo sumados a los suyos, o en otro lugar, o si le fueron entregados por alguien: él no lo dice claramente en su prólogo. Pero yo debo decir que sólo a mi irresistible tendencia a hojear revistas viejas debo el haber realizado el segundo descubrimiento, ya que los méritos del primero, sin duda, le corresponden. Algún criado distraído o algún tinterillo de la notaría debe de haberse ocupado de poner un poco de orden en la casa, a la muerte del Marqués, y no discriminó entre carpetas de facturas pagas e impagas, innumerables ejemplares de L'Illustration *y de* Blanco y Negro, *y este extraordinario documento que aquél no llegó a dar a luz. Allí lo encontré yo, húmedo, amarillento, ignorado como un cataléptico que despertó en su tumba y está ya agotado y sin fuerzas para clamar que está vivo y que lo rescaten de su olvido seguro.*

Cuando me hube impuesto del contenido del documento y calibrado su interés, viajé a España para realizar alguna investigación al respecto, corroborar la autenticidad de aquellos originales, confrontar sus aseveraciones en otras fuentes, con otros testimonios. Debo decir que el viaje ha sido desalentador. Me encontré con la suspicacia de los historiadores y con la hostilidad de los organismos oficiales, movidos oscuramente, me pareció detectar, por intereses de clase, hipocresías familiares y aun por imprecisas fuerzas políticas. Y esto, cuarenta años después de que el Marqués hubiera tropezado con las mismas piedras... Desistí de llevar adelante mis averiguaciones. Me documenté como pude (en su medida ya lo había hecho mi antecesor) y decidí finalmente darlo a publicación, complementando con mis propias notas, relativas al material, las previas y más extensas del Marqués, por lo cual las suyas y las mías aparecen en el libro confundidas, con excepción de alguna obligada, rara y señalada salvedad.

Y ahora dejo la palabra al Marqués. La que he llamado «Segunda advertencia» es, por supuesto, cronológicamente la primera; aunque vuelve a ser segun-

da, si tenemos en cuenta la que abre la Memoria de Manuel Godoy. Imposible no pensar en las muñecas rusas.

Madrid, primavera de 1980.

SEGUNDA ADVERTENCIA

He meditado mucho antes de decidirme a dar a la luz esta Memoria inédita, de singular interés histórico, que cayó en mis manos por los azares sumados del exilio y la curiosidad, un melancólico atardecer parisino de 1937, sin que pudiera desprenderme de su lectura hasta que ya clareaba un nuevo día. La lectura, ansiosa, asombrada, deslumbrada, reiterada, me había proyectado durante varias horas: en el espacio, a mi Madrid resignada sin resignación; en el tiempo, a un pasado no tan remoto que no quedaran aún vivos los trazos de la tinta y de la sangre, vibrantes las sombras del crimen y del dolor.

Esta Memoria que vuelve como un espectro a reclamar justicia —¿y quién es ese espectro?, ¿quién es la víctima al fin de cuentas en esta historia de un solo crimen y muchos culpables?— envuelve a un grupo de personas que desde la más encumbrada grandeza y desde la gloria póstuma a más oscuros o insignificantes destinos, pertenecen a la historia española y madrileña que cabalgó dos siglos: el alegre y despreocupado fin del XVIII y los albores trágicos del XIX, ese trance que como nadie captó y eternizó don Francisco de Goya y Lucientes. Justamente, uno de los personajes más relevantes de esta sobrecogedora pétite histoire.

El suceso en torno al cual gira todo el documento ocurrió el 23 de julio de 1802 y fue la muerte de María del Pilar Teresa Cayetana de Silva y Álvarez de Toledo, decimotercera Duquesa de Alba. (O Alva, como quieren muchos cronistas...) Cierto es que salvo un breve Informe policial levantado a los pocos días de aquella muerte, ni la Memoria ni las cartas que en ella se insertan son contemporáneas de la dramática desaparición de la Duquesa. Cierto es que ésta es curiosamente una historia vivida por jóvenes y contada por viejos, más de veinte, casi cincuenta años después de los acontecimientos. Cierto es que el manuscrito llegó a mí en francés y con una escritura que no se corresponde con la de quien se proclama su autor, por lo que presumo sea una traducción que él mismo encargó se hiciera de su texto, quedando así autorizadas desde la partida legítimas dudas sobre su autenticidad.

Aunque mayor autoridad, y lo declaro sin petulancia, entiendo me confiere el trabajo que he realizado, que ha sido el de retraducir aquella Memoria al español, permitiéndome alcanzar ese trato íntimo y casi amoroso con una materia literaria que nos da a conocer sus más sutiles y evasivos reflejos, como los de la mujer que amamos; autoridad desde la cual me atrevo a llegar a dos conclusiones definitivas: primero, que el texto francés que obra en mi poder desde aquella tarde otoñal y azarosa, es sin lugar a dudas una traslación de un texto castellano, originariamente escrito en el estilo un poco recargado, sinuoso y solemne de una

España que vacilaba entre la tradición barroca y la ilustración clasicista; segundo, que su autor es efectivamente don Manuel Godoy, como se proclama en él y como surge: a) *de la confrontación con sus otros escritos;* b) *del lugar en que el documento fue hallado ochenta y seis años después de su muerte;* c) *de las verificaciones que he podido realizar de muchos acontecimientos y peripecias en él narrados. Verificación que, lo digo con dolor, hubiera podido ser más completa si hubiera podido efectuarla en mi propio país, pero sobre todo si hubiera encontrado más colaboración y menos prejuicios en los medios sociales y científicos en que la corroboración o refutación de aquellos hechos hubiera sido posible. Me estoy refiriendo por igual al estamento aristocrático de la sociedad española, o por lo menos a las familias históricamente vinculadas a los hechos, y a los organismos de investigación histórica.*

Pero España sigue siendo España, de cerca o de lejos, y sigue todavía lejano el día en que, como dice el propio Godoy en un pasaje de su Memoria, llegue a ser una nación «sincronizada con el reloj de la Historia, ilustrada y moderna».

París, abril de 1939.

MEMORIA BREVE Y SECRETA DE DON MANUEL DE GODOY, DUQUE DE ALCUDIA, ESCRITA EN 1848, SOBRE LA MUERTE DE MARÍA DEL PILAR TERESA CAYETANA DE SILVA Y ÁLVAREZ DE TOLEDO, DUQUESA DE ALBA, ACAECIDA CUARENTA Y SEIS AÑOS ANTES, LAS EXTRAÑAS CIRCUNSTANCIAS QUE LA RODEARON Y SU MÁS VERAZ INTERPRETACIÓN, CON EL TESTIMONIO DE DON FRANCISCO DE GOYA Y LA CARTA PÓSTUMA DE OTRO ALTO PERSONAJE INDIRECTAMENTE INVOLUCRADO EN LOS SUCESOS, QUE ARROJA NUEVA LUZ SOBRE ELLOS.

ADVERTENCIA AL LECTOR

SE CUMPLEN EN ESTOS DÍAS los seis años de la publicación del último volumen de mis Memorias (1). Aunque su título pudiera sugerirlo así, esta BREVE MEMORIA no debe entenderse en modo alguno como un apartado o un apéndice de aquéllas, ni como un sedimento de sus fatigas, sino como obra del todo independiente, destinada a llenar muy distinto fin y escrita en un estado de espíritu harto divergente del que informó a aquéllas.

Que fueron pensadas, redactadas y publicadas con el fin de reivindicar para los siglos venideros la gestión política de mis augustos soberanos Sus Majestades los Reyes de España Carlos IV y su consorte María Luisa, y confundir ante el espejo de la Verdad a sus viles detractores, y exigiéndolo como lo exigían también mi honra y mi fama por los mismos enemigos escarnecidas, para rehabilitación de mi propia ejecutoria como gobernante y del influjo que mi persona y mis obras tuvieron sobre la Historia del Estado Español durante los años de mi Ministerio y hasta mi caída (2).

Esta que llamo Memoria Breve, en cambio, no es

más que mi testimonio personal, hasta ahora sustraído al público, de un suceso de carácter privado del que fui no sólo testigo, sino, de algún modo, juez y parte: la muerte de la Duquesa de Alba, acaecida el 23 de julio de 1802. Se me preguntará, y yo no estaré para contestarlo, por qué esperé más de cuarenta años para escribirla. Responderé, a mi interlocutor futuro, que titubeé mucho antes de hacerlo, que durante largo tiempo pensé que moriría con los labios sellados sobre sus claves secretas, y que han sido por una parte el llegar al umbral de mis ochenta años y por otra un imperativo moral que algunos estimarán tardío, las razones que me han llevado al fin a redactarlas. Y ahora, si bien tomando las precauciones que aconseja la prudencia, las hago públicas con menos escrúpulo, justamente porque ha pasado casi medio siglo desde aquel infausto acontecimiento y desaparecido la mayoría de los personajes que en él se vieron, por un motivo u otro, involucrados (3), creyéndome además a estas alturas el único ser viviente que puede todavía ofrecer de él una crónica pormenorizada y veraz, sin ánimo de escándalo, ni de calumnia, ni de ajuste de cuentas con nadie, como no sea con mi propia conciencia.

He aquí pues mi Memoria de aquella muerte; o quizás, a riesgo de anticipar la difícil cronología de aquellos hechos y aquellas situaciones, debería decir: de aquel crimen, que en el sucesivo develar de los sucesos, no será sólo la muerte prematura y lamentable de la Duquesa motivo de estremecimiento para el lector piadoso, sino su premeditación y crueldad. A mis recuerdos, que son los de un anciano que durante los últimos treinta años de su vida no ha podido cultivar otra cosa que la memoria, privado como ha estado de la acción y de acometer toda otra empresa humana, adjunto un informe del Ministerio de Policía, elevado por Real Orden de mi egregio señor Carlos IV inmediatamente después de ocurrida la muerte de la Duquesa, y unas cartas recibidas muchos años más tarde, ambas en mi destierro de Roma, una en 1824, otra en 1829, que complementan, aun en lo que lo modifican y refutan, mi esfuerzo de rememoración.

No me ha sido fácil escribir este texto que, al fin, pondré algún día a juicio del lector. La redacción de mis Memorias, por su propia índole, me obligó a un estilo grave, elaborado, de prolija retórica, que estuviera de acuerdo con el carácter oficial y político de aquellos volúmenes (4). Para esta Memoria Breve me he propuesto un lenguaje más llano, más personal, más espontáneo, en aras de la autenticidad del testimonio y, como se verá en más de un pasaje, así sea en menoscabo de mi dignidad o de mi fama, o las de otras personas aludidas en su transcurso, aun las más augustas.

Por todo ello, y por la repercusión que pudiera tener en personas vivas todavía, demasiado íntimamente relacionadas con los sucesos o con sus protagonistas (y entre ellas incluyo a mis propios hijos), exhorto a que no se dé a esta Memoria divulgación pública hasta transcurridos por lo menos cien años después de mi muerte. Ésa es mi expresa voluntad, que transmito a mis herederos, sean ellos en el momento de mi desaparición física mis hijos o mis nietos (5) o mi muy querida y fiel esposa doña Josefa Tudó de Godoy, Condesa de Castillofiel, mi mujer legítima desde el día 7 de enero de 1829 y por tanto hoy, gracias a mi tarda rehabilitación, también Duquesa de Alcudia. Sé que ellos respetarán mi voluntad, y espero que esa fidelidad alcance no sólo a mis descendientes, sino a todos aquellos en cuyas manos pudiera caer, por la fuerza del destino, en algún remoto día, este testamento (6).

D. MANUEL DE GODOY,
Duque de Alcudia, París, 1848.

NOTAS

(1) Las Memorias Críticas y Apologéticas para la Historia del Reinado del señor Carlos IV de Borbón, fueron en efecto publicadas por Godoy entre los años 1836 y 1842 (constaban inicialmente, en su edición española, de seis volúmenes). Don Manuel fecha esta "advertencia al lector" en 1848, por lo que podemos inferior que esta nueva Memoria —llamada Breve sólo de acuerdo a un sentido de la medida todavía propio del barroco— fue escrita entre principios de 1847 (con Godoy en el "umbral de los ochenta", puesto que nació en 1767) y 1848.

(2) Las Memorias de Godoy finalizan en 1808, hasta incluir los sucesos de Bayona, o sea sólo unos meses más allá de su caída. En ellas, el autor no da noticia alguna de la muerte de la Duquesa, ni en ningún momento de la Duquesa misma, ignorando por tanto toda la incidencia que tan notable, activo e intrépido personaje tuvo en la vida pública de la España de Carlos IV, como si por su naturaleza eminentemente femenina,

mundana y apasionada, sólo mereciera figurar en las crónicas de la galantería o del crimen. O en las de la Historia del Arte, fatalmente vinculadas siempre a aquéllas.

(3) En realidad, en 1848, entre los personajes implicados por alguna razón en la muerte de la Duquesa, sólo quedaban vivos Godoy, que murió tres años más tarde, y Pepita Tudó, que no moriría hasta 1868.

(4) Ese estilo alambicado, farragoso y ceremonial hasta el hartazgo fue atribuido por muchos, más que a Godoy, al abate Sicilia, al que aquél, por recomendación de Martínez de la Rosa, encargó la redacción última de sus Memorias; Sicilia, sin duda para prorrogar el contrato y con ello acrecentar sus emolumentos, se complació en esa suerte de alevosa hidropesía del texto. Cabe recordar, de paso, que Menéndez y Pelayo, eterno adalid de la ortodoxia, calificó el castellano de las Memorias de "perverso".

(5) Godoy sólo tuvo una hija con la Condesa de Chinchón: Carlota, nacida en 1800 del embarazo que Goya inmortalizó en su célebre retrato, y casada en 1820 con el noble italiano Conde Ruspoli, aunque ya desde antes y por intercesión de su tío el cardenal Luis de Borbón, estaba autorizada por Fernando VII a usar uno de los títulos arrebatados a Godoy: el de Duquesa de Sueca. De su unión ilícita con Pepita Tudó, en cambio, tuvo Godoy por lo menos dos varones: Manuel y Carlos, muerto éste tempranamente en 1818, en Pisa, donde la diplomacia pontificia había obli-

gado a confinarse a Pepita, para evitar a Roma el escándalo de su amancebamiento con Godoy. En 1848, los vástagos del otro hijo varón, Manuel, estudiaban en París y vivían con su abuelo en su casa de la Rue Neuve des Mathurins.

(6) Don Manuel, que bien podía tener en la memoria *Don Alvaro o la fuerza del sino* del Duque de Rivas, traslada sino por destino, como catorce años más tarde y al italiano lo haría Verdi en su ópera, que, desde luego, Godoy no llegó a disfrutar. Y bien, "por la fuerza del destino", hemos sido nosotros quienes, en cumplimiento de la voluntad testamentaria de don Manuel, hemos diferido la publicación de este interesante documento hasta 1951, aunque lo hayamos encontrado muchos años antes ([a]). Y permítaseme agregar que no puedo escuchar al don Álvaro de Verdi el célebre comienzo del dúo del segundo acto ("Solenne in quest'ora..."), en que exactamente confía a don Carlos unos papeles en custodia, sin imaginar que don Manuel me habla, o canta, desde ultratumba.

([a]) Único punto en que el Marqués de Peñadolida nos confía sus intenciones: las de postergar la publicación de la Memoria Breve desde 1939, año en que fecha su "advertencia", hasta 1951, en que ya no estaba en condiciones de publicar nada, oscuramente enterrado como estaba y está en Père Lachaise, y como oscuramente enterrado quedaría el "interesante documento" y su propio prólogo, hasta que yo los encontrara por la renovada fuerza del destino.

ROMA, NOVIEMBRE DE 1824...

HICE LO DE TODAS LAS MAÑANAS. Abandoné mis cuartos de Villa Campitelli, que de haberme parecido un triste calabozo cuando me mudé a ellos cinco años antes, se me antojaban ahora demasiado espaciosos para mi mal traída y peor llevada soledad, y en los que hubiera deseado resonaran con mayor frecuencia los gritos o las risas de los niños que se recreaban más allá de mis muros, en el jardín o en las cocinas (1); y me dirigí a pie hacia el Pincio, no tanto por ejercitar mis piernas como porque mi inestable economía me obligaba, cada vez más, a prescindir del coche; me paseé por el parque una media hora, disfrutando la tibieza del sol otoñal filtrado por los pinos, y cambiando saludos con los desconocidos de todas las mañanas; compré el periódico en las escaleras de la Piazza di Spagna, bebí un chocolate en el Café Greco, hablé del tiempo con el camarero, me enteré de las últimas noticias de París, de Londres y de Viena, ya que *Il Messaggero* nada se ocupaba de lo poco que la reacción autorizaba que sucediera en España (2); y de regreso en un coche de alquiler, pasé a recoger mi correspondencia.

Era, cada día, el acontecimiento más acuciosamente aguardado de una vida monótona y apenas librada a los estímulos de la sorpresa y la emoción: mi correspondencia. Por la ansiedad con que me anticipaba a conjeturar sobre el contenido de las cartas, que luego, si es que las recibía, respondía o no a mis cálculos; y por la perspectiva, tantas veces disipada en las brumas de la decepción, de pasar una tarde entera ocupada en contestarlas. Cartas de Madrid, de mi hija, poniéndome al día del punto en que se hallaban mis viejas demandas, de sus gestiones en la Corte, de las siempre renovadas negativas del Rey, de los pleitos inacabables, del eterno y mezquino tira y afloja de las capitulaciones sobre mis títulos y mis bienes (3); cartas de Pisa, de Pepita, con noticias sobre todo de la salud de nuestros hijos, que desde la muerte de Carlos era el foco obsesivo de nuestra inquietud, y con noticias también de sus nuevas amistades italianas, de los vaivenes de la vida doméstica, de los gatos y de la servidumbre, de los geranios de su jardín en que ella se empeñaba en revivir el Cádiz de su niñez; cartas, en el mejor de los casos, de Londres, de Lord Holland, o de Viena, donde me quedaban los últimos amigos, los pocos que se preocupaban todavía, no ya de mi destino de hombre público, que todos parecían concordes en dejar enterrado para siempre, pero sí al menos de mi aflictiva situación personal.

A eso se había reducido mi existencia. A esperar con ansias unas cartas que no aportaban nada nuevo, y sí sólo promesas, consuelos, engaños de la distracción; a cifrar en la tarea de contestarlas la aplicación de una energía poderosa que antaño me sobraba para dirigir los asuntos del Estado, para atender personalmente durante dieciséis horas diarias mis despachos del Ministerio, para vivir con plenitud el gobierno de una nación y de un imperio; y también, cuando sobrevenía, la guerra; y ¿por qué no decirlo? también —y siempre sobrevino— el amor. Y aquí estaba, lejanos aún los sesenta años, resignado al equivalente de un carteo de vieja señorita con su notario o su párroco o su pariente rico. Una rutina descorazonadora.

Aquel día, sin embargo, el correo incluía una misiva intrigante. Procedía de Burdeos, y estaba dirigida, cuando ya todos habían abandonado esa costumbre, a "Su Alteza, el Príncipe de la Paz, don Manuel Godoy...".

Al pronto no identifiqué la escritura. En sus rasgos largos, oblicuos, casi parabólicos y en cierto modo incultos, sin embargo, algo había familiar. Cavilé antes de abrirla; en Burdeos, lo sabía, vivían muchos españoles desterrados... Moratín, Silvela, el general Guerra, ¿Iriarte también?... (4). Yo no me carteaba con ninguno de ellos... Pero quizás... ¿Qué no cruza relampagueante la mente de un hombre en mi situación? ¿Se agota algún día la nostalgia de la acción y del poder? ¿Se pierden realmente las esperanzas? Hice saltar los lacres, rasgué el pliego, busqué la firma. Rezaba: Fr.co de Goya.

Goya. Don Fancho. El Maestro. Vivía, pues, todavía. Él había sobrevivido. No había sucumbido a la catástrofe de España ni a aquel nuevo embate de su enfermedad que cinco años antes, y era lo último que había sabido de él, lo había llevado a una terrible agonía. Ni tampoco estaba loco, vagando como un alucinado, con el ala de su sombrero erizada de velas encendidas por los cuartos de su quinta de Manzanares, pintando las extravagancias nocturnas de su endemoniada fantasía, tal como me lo habían descrito en aquel tiempo. Nada de eso. Estaba en Burdeos. Dueño de sí. El de siempre. Su caligrafía no había perdido el trazo firme y un tanto jactancioso con que, hacía ya treinta años, había osado firmar "Sólo Goya" a los pies del retrato de la Duquesa. Goya en Burdeos. Viejo imbatible, inesperado.

Rezaba la carta:

Mi Excelentísimo señor don Manuel,

no poca extrañeza a de causarle el que yo me dirija a Su Alteza después de tantos anyos de separación y de silencio, y de tantos infaustos sucesos como an ocurrido a nuestra querida España, q. p.a q.e recordarlos a quien los conoce y a bibido más en carne propia que yo mismo. Y tampoco sé si S.A. me acía en Burdeos (5), *donde acabo de benir con permiso de la Corte, q. si como espero querrá prolongar, aquí seguiré istalado con los míos asta q. las cosas cambien o yo muera, que ya me estoy acercando a los ochenta, don Manuel, però no lo quiero entretener con mis achaques.*

El motibo de esta esquela es aber sabido q. S.A. a acometido la empreza de escribir sus memorias, de lo q.mucho me contento por q.e con eso se abentarán muchas mentiras y leyendas, y el yo pensar q.puedo contribuir con mi grano de arena y modestamente ayudarlo a lograr esos santos fines, relacionándole preciosos datos relatibos a un lamentable suceso q.acaeció ace ya más de beinte anyos, por q.e me inquieta que siga oculta la verdad, cuando ya no puede aser danyo a nadie q. se descubra y sí q. se mantenga innorada. Al ingenio de S.A. no escapará de q.e suceso se trata, q. a todos nos embolbió, sin q. se salvaran siquiera de las sombras q. arrojó personas por S.A. y por mí muy queridas y reberenciadas.

Si S.A. está de acuerdo en recabar de mí esas pribadas razones, pa. darles después el uso q.e ella juzgara apropiado, yo estoy dispuesto a biajar como sea a Roma, q.e de paso bolbería a bisitar la ciudad, después de cincuenta anyos, y aunq.e no creo ninguno de mis amigos de aquellos tiempos de aprendizage esté todavía bibo, yo aprovecharía para estudiar de nuevo los tesoros de las bellàs artes de la Italia y aprender como entonces de ellos, q.e nunca es tarde para aprender y yo «aún aprendo», como digo en uno de mis últimos dibujos (6), y si S.A. piensa como yo, no tendrá incombeniente en aprender de mí lo que tanto desearía contarle para al fin descargar de mis cansados ombros todo el peso de aquella vieja historia.

Le embío a S.A. como umilde homenage esta copia q. ago de un antiguo boceto a lapiz q.nunca publiqué. P.aq. S.A. compruebe q. la mano no me tiembla todavía al dibujar, aunq. mi consejo si S.A. deseara acerse hoy un buen retrato sería q.e biajara a París y se iciera pintar por un joven llamado Delacroy, o lo llamara a él a Roma, q. ojalá tubiéramos uno como él en España, y a quien e admirado en su propio estudio durante mi reciente bisita a esa mannífica ciudad. Todavía aprendo, don Manuel, y asta de los jóvenes (7).

Esperando tenga a bien contestarme y decirme si nos podemos ver en Roma, antes de emprender biaje tan largo, me despido de S.A. con mil parabienes, me-

morias y felicidades q.e le desea su más aff.to amigo y servidor,

Fr.co de Goya

Bibo en el n.º 7 de la calle que llaman Fossés de l'Intendance. Y todavía aprendo.

Debo reconocer que la lectura de la carta no atrajo primera y principalmente mi atención, como debió haberlo hecho, sobre el antiguo y misterioso suceso a que aludía, ni sobre la historia secreta de cuya posesión Goya se sentía depositario, sino que me sumió en consideraciones más personales, no exentas de ironía. El viejo Maestro, a pesar de su juvenil e insistente disposición al aprendizaje, no estaba muy al día en sus conocimientos por lo que a mí tocaba. Seguía llamándome Príncipe, dirigiéndose a mí como Su Alteza, imaginándome en condiciones de viajar a París por el solo gusto de hacerme retratar una vez más, y hasta de traer a su joven y admirado Delacroix para pintarme con los Jardines de Tívoli o un salón del palacio Barberini como fondo (8); peor aún, pensaba que mis Memorias estaban ya a punto de editarse, cuando por el momento no eran más que un proyecto, un vago propósito diferido año a año, mes a mes, día a día, porque, sospecho, algo en mí se resistía todavía a mirar hacia el pasado como algo cerrado y cegado, cercenado, a admitir que de algún modo Manuel Godoy había muerto en 1808, o por lo menos una parte de él, el hombre público que España y el mundo estaban dispuestos a reconocer, así fuera para vituperarlo. Quedé perdido en estas amarguras, al punto de que ni siquiera me di cuenta de que el cochero, con algún pretexto, se había detenido en Piazza del Popolo y había desaparecido entre la animada muchedumbre mañanera. En forma maquinal, desenrollé el pequeño cilindro de papel que había llegado junto con la carta, dentro de un tubo de latón.

Era, inconfundiblemente, un dibujo de Goya, que podía sin forzamiento ni desmedro integrar su serie de los Caprichos. Llevaba, como ellos, una leyenda en cursiva, y esa leyenda decía: "¿De qué murió la cuitada?" En cuanto al dibujo, es tan difícil de describir como cualquiera de los goyescos, y es probable que a esta altura figure en los catálogos de su obra; pero como yo años después he extraviado mi copia, y nunca supe qué fue del original, no estará de más que, esforzándome, intente representarlo literariamente (9). El dibujo tiene un gran movimiento, como de remolino o espiral, y está compuesto por una figura femenina central, negros el vestido y la mantilla de maja, blanquísimos el rostro y los brazos, puntiagudos los zapatos, que vuela o intenta volar mientras una serie de monstruos, cabezudos, deformes, malignos, con cuerpos y miembros indeterminados y bocas amenazadoras, tratan de retenerla en su vuelo o más probablemente de descuartizarla en el aire, tal es la tensión de las piernas y el brazo derecho de la maja, y la agresividad de manos y dientes de los monstruos, mientras todo ese desgarramiento se hace serenidad y como vuelo definitivo en el busto de la mujer, en su rostro plácido e irónicamente sonriente, en sus ojos cerrados, y en el brazo izquierdo, estirado, como un ala libre de rémoras, hacia el cielo, y todavía sosteniendo con la mano nívea un vaso que, por volcarse ligeramente hacia abajo sin que salga de él líquido alguno, se diría vacío. Mas lo que más me impresionó del dibujo fue sin duda, no ya el extraordinario contraste entre la placidez angélica de su protagonista y los desesperados afanes de los monstruos, no ya su mérito de fantasía o movimiento o composición, sino que con su traslúcida metáfora traía con violencia a mi memoria —como no lo había conseguido la carta— el "lamentable suceso" a que el Maestro se refería de soslayo en ella: la inicua muerte de una singular y cautivadora mujer, el mundo de odio y de malevolencia que se abatió injustamente sobre ella, el pérfido vaso de veneno que al fin la arrebató a la paz definitiva.

¿Pero por qué diablos quería ese anciano necio y declinante resucitar en 1824 lo que habíase enterrado en 1802? ¿Por qué romper ahora un silencio que no había sido un decreto soberano, sino una suerte de convenio tácito que tejimos entre todos los que habíamos estado cerca de Cayetana y de su muerte en aquel verano bochornoso y trágico? ¿Y qué sabía realmente Goya? ¿La verdad? ¿O se vanagloriaba de lo que sería apenas un nuevo capricho de su imaginación? ¿Creía de veras estar en posesión de ese viejo secreto? Y en todo caso, ¿por qué no se callaba? ¿Qué importaba ya a nadie, como no fuera a él, que mucho debió amarla, y al posible asesino, y a mí mismo, que no lo iba a incluir en mis Memorias, cómo había encontrado la muerte verdaderamente Cayetana? ¿Acaso no se había callado Goya entonces, como todos? ¿Acaso no se aceptó por todos una versión oficial del jefe de Policía, avalada por el propio sello real? ¿Acaso los mismos allegados de la Duquesa, sus herederos, por ejemplo, entre los que figuraban un familiar suyo, su dama de compañía y hasta sus médicos, no habían optado por la circunspección y el silencio? ¿La propia plebe, agitada un instante por los rumores como por un fugaz vendaval, no había olvidado también?

Sé que me hice y me repetí toda esta retórica cascada de preguntas aquella tarde, yendo y viniendo por mis aposentos de Villa Campitelli, negándome a comer a pesar de la solicitud y los apremios de Magdalena, releyendo una y otra vez la carta de Goya, que tanto y tan poco decía, y sobre todo tratando de encontrar una respuesta en el boceto, en el rostro de Esfinge de la maja-Duquesa, en el vaso a un tiempo mortal y salvador, en aquella cursiva, perfilada, inglesa creo, del "¿De qué mal murió la cuitada?", que dejaba en el aire la estremecedora respuesta. Y hoy, que más de cuatro lustros han pasado, me pregunto si es la edad o la proximidad de la muerte —la misma cosa, pues— lo que ahora a mí, como entonces a Goya, hizo que se nos constituyera en una necesidad contar la verdad, nuestras verdades, distinta una de otra pero ambas imperiosas por igual, sobre el "lamentable suceso". De modo que alguien hoy pudiera preguntarse a mi respecto con idéntica acritud con que yo me rebelaba aquella tarde: ¿Por qué querrá ese anciano necio y declinante resucitar mediado el siglo lo que se ha enterrado en sus albores?

Aquella noche misma, en la Ópera, con mis consuegros italianos, los Rúspoli, que circunscribían su contacto social conmigo a tres o cuatro gestos de cortesía por año, el más frecuente de los cuales era invitarme a su palco, asistí a una representación de la *Lucrezia*

Borgia de Gaetano Donizetti, ya entonces uno de mis compositores favoritos. Me había apresurado a aceptar la invitación, en buena parte porque llegó en mitad de aquella tarde perturbada por la carta de Goya, como una forma providencial de evadirme del exagerado y creciente sobresalto que aquélla me había provocado. Pero me equivoqué en mis cálculos. Ni el resplandeciente lirismo del joven músico, ni las dulcísimas voces de la soprano y el tenor, ni los encantos nada andróginos de la jovencita que encarnaba al Conde Orsini, consiguieron arrebatarme a ese cielo de distracción u olvido que yo me había pronosticado. Seguía, obsesivamente, inmerso en ese otro cielo misterioso en que volaba la maja de don Fancho, copa en mano, tratando de escapar de las garras de aquellos feos demonios; seguía con ella, con esa imagen blanca y sin relieve, un signo apenas del alma más que del cuerpo, que se superponía, hasta excluirlas, a las propias imágenes de mis reminiscencias de Cayetana, borrosas y confusas en su remota carnalidad. Para peor, no de otra cosa parecía hablarse o cantarse en la ópera que de veneno desde el primer acto, y en el vaso y la ampolla que en el último van y vienen entre las manos de Lucrezia y las de su hijo, me parecía, como una alucinación, estar viendo el vaso de cristal veneciano que Goya había reproducido fielmente en la mano izquierda de la maja de su dibujo, y que era, Dios mío, sí, el mismo vaso esmaltado que yo podía recordar todavía, resplandeciente por la incidencia de la luz de las bujías en el cristal y en el líquido ambarino, sobre la mesa de tocador de Cayetana. Refulge el vaso en manos de Lucrezia y veo de repente a Cayetana —¿o sólo a la estampa goyesca?— llevándoselo a los labios.

Me incorporo, lanzo un gemido ahogado, como los que en medio de la noche nos arrancan de una pesadilla para exorcizar sus fantasmas, y veo un largo rostro alarmado de quimera, el de mi consuegra, vuelto hacia mí, las luces del escenario al fondo, y a mi consuegro que se inclina solícito y pregunta *sotto voce* entre los bigotes: "¿Cosa sucede, don Manuele?" (10).

Bebí una botella de Frascati, pensando que me ayudaría a dormir, y no tardé en acostarme, sin permitirme echar siquiera una ojeada a la carta o al dibujo. Pero no conseguía conciliar el sueño y las imágenes de la Cayetana de la realidad —Cayetana en vísperas de morir, con aquel vestido color del fuego, incandescente, el rostro ya macilento y arenoso de sus últimos tiempos, disimulado por los astutos afeites— pugnaban todavía por abrirse paso por detrás de la cara casi abstracta del boceto, el óvalo blanco, la breve elipsis de la boca, los dos pequeños semicírculos oscuros de los párpados entre el arco de las cejas negras y la línea punteada de las pestañas bajas. No quise dormirme con esa sucesión de imágenes, a las que para colmo se mezclaban los monstruos, viscosos, móviles, aberrantes, una masa de horror y de brutalidad pronta a saltar sobre mí en el sueño. Bajé de la cama, cogí un candil aún encendido y me fui a mi despacho. Allí guardaba, entre mis nuevos papeles, lo poco de los viejos que Murat primero y mi cuñado luego habían conseguido sustraer a la rapiña y a la confiscación (11). No me equivocaba. El documento que buscaba estaba allí, sueltas las páginas, amarillento y arrumbado. En el silencio de la noche, apenas turbado por un ruiseñor lejano o el crujir de un viejo madero cansado, leí el informe.

NOTAS

(1) Muertos María Luisa en Roma y Carlos IV en Nápoles, en enero de 1819, Godoy tuvo que dejar el palacio Barberini, que habitaba con ellos, y refugiarse en Villa Campitelli, una mansión que él mismo había regalado a Socorro Tudó, hermana de Pepita, y donde aquélla y una tercera hermana, Magdalena, se habían instalado con sus respectivas familias. Los niños que jugaban "tras los muros" —de lo que Godoy llama "sus cuartos" y que eran sólo una parte de la villa— no pueden ser otros que los hijos de Socorro y Magdalena.

(2) Quizá conviene refrescar la memoria del lector, en lo tocante a la España de 1824. Tras la invasión de los Cien Mil Hijos de San Luis y la ejecución de Riego, un año antes, la reacción se había desatado más feroz que nunca. El propio Goya, personaje muy importante en esta historia, llegó a temer por su libertad. Entre enero y abril de 1824, sintiéndose amenazado por posibles delaciones, buscó refugio en casa de un canónigo, y

en mayo solicitó licencia del Rey para trasladarse a Plombières, Francia, en procura de un supuesto tratamiento de aguas medicinales.

(3) Estas negociaciones, en las cuales estaban implicadas la Embajada española en Roma y la Cancillería papal, no culminaron hasta seis años más tarde, cuando Godoy, ya viudo de la Condesa de Chinchón y casado con Pepita Tudó, canjeó su preciado y litigioso título de Príncipe de la Paz por el feudo de Bassano, próximo a Sutri, a cuyo poseedor otorgó el Papa tratamiento de príncipe romano, pero por lo que Godoy, además de la renuncia al título español, tuvo que pagar 70 000 piastras. Hasta 1823, año de su muerte, siempre fue el cuñado de Godoy, el cardenal don Luis de Borbón, arzobispo de Toledo, quien se ocupó de gestionar en su nombre pleitos y demandas; luego quedó a cargo Carlota, la hija de Godoy, que terminó pleiteando ella misma con su padre, años más tarde, por cuestión de intereses.

(4) Moratín, Silvela y el general Guerra vivían efectivamente en Burdeos en 1824. Y también Pío Molina, el general Pastor, don Dámaso de la Torre, el pintor Brugada. No así, Iriarte, que había muerto diez años antes, en 1814, cosa que Godoy ignoraba en 1824 o había olvidado en 1848.

(5) Goya, al llegar de España, pasó por Burdeos, estuvo dos meses en París y se instaló realmente en Burdeos en octubre. En noviembre, cuando escribió la carta a Godoy, ya estaba solicitando a Fernando VII una prórroga de su licencia,

siempre con el pretexto de la imaginaria cura de aguas.

(6) Goya dibujó pues su famoso "Aún aprendo" apenas llegado a Francia, al ardor del entusiasmo de sus primeros descubrimientos franceses: la técnica de la litografía, el genio del propio Delacroix. Hasta ahora se fechaba vagamente el dibujo en el "período de Burdeos" (1824-1828), pero la carta de Goya dirime la cuestión.

(7) Este fragmento de la carta confirma lo que hasta ahora era sólo un "wishful thinking" de los historiadores de Arte: que Goya no sólo vio la pintura del joven Delacroix en su estadía en París, coincidente con la exposición de su magna "Scènes des Massacres de Scio" en el Salón de 1824, sino que además lo conoció, estuvo en su taller y apreció su arte.

(8) En el palacio Barberini vivió realmente Godoy desde su llegada con los Reyes a Roma hasta la muerte de aquéllos. Su referencia a los Jardines de Tívoli, más enigmática, tal vez no sea otra cosa que un rasgo literario, o el signo de un gusto personal. En cuanto a los títulos, parece ser que Godoy ya había renunciado a usarlos, aunque seguía reivindicando ante Fernando VII su derecho a hacerlo.

(9) Ese boceto que Goya mandó a Godoy, y que pese a diferencias anecdóticas recuerda tanto al célebre "Volavérunt", ha desaparecido, por lo cual cabe pensar que al extravío de la copia se sumó la destrucción del original. Imposible sa-

ber en todo caso si éste se corresponde con uno de los que en 1828, tras la muerte del pintor, se identificaron con el número 15 en el inventario de sus bienes, y como "Dos caprichos, bocetos". Puede pensarse que el que nos importa fue efectivamente uno de ellos; también que alguna mano interesada lo hizo desaparecer o lo mantiene hoy todavía al margen del conocimiento público y de la catalogación de la obra de Goya.

(10) Éste es uno de los errores más flagrantes de la memoria —breve o larga— de don Manuel. No puede haber asistido en noviembre de 1824 y en Roma a una representación de la *Lucrezia Borgia,* porque Donizetti aún no la había escrito ni la estrenaría hasta 1833 y en la Scala de Milán. O Godoy modificó deliberadamente la realidad o se le confundieron dos óperas con peripecias semejantes o trastocó esa función de ópera en Roma con alguna función posterior en la Ópera de París, en que probablemente se le fundieron el veneno y el vaso de la ficción de Donizetti con el veneno y el vaso de sus recuerdos.

(11) El propio Godoy, en sus Memorias, alude a la casi total confiscación y posterior desaparición de sus libros y papeles privados y a lo que Murat pudo salvar de ellos y devolverle. La sustracción y la ocultación, alevosa o no, de documentos signa estas otras Memorias breves, el hecho criminal a que se refieren y en general todo lo que concierne a la vida y la muerte de Cayetana de Alba. Como si a la posteridad le hubiera inte-

resado barrer todo dato que no fuera el rostro ambiguo y enigmático de los retratos y los dibujos de Goya. Que ni siquiera ellos se habrían salvado del todo de la Inquisición, como lo sugerimos en la nota 9 de este mismo capítulo.

INFORME DEL MINISTERIO DE POLICÍA

Madrid, julio-agosto de 1802

En la villa de Madrid, en el día del Señor del 31 de julio de 1802, en acatamiento de una Real Orden de Su Majestad don Carlos IV, emitida el 28 del mismo mes en su palacio de La Granja, y comunicada a estos departamentos por el Excelentísimo señor Primer Ministro don Manuel Godoy, Príncipe de la Paz, para su efectivo y pronto cumplimiento, se procedió a investigar las causas del deceso de doña María del Pilar Teresa Cayetana de Silva y Álvarez de Toledo, Duquesa de Alva, acaecida el día del Señor del 23 de este mismo mes en su domicilio de la villa de Madrid, y se ejecutó de acuerdo a los siguientes procedimientos: se apersonaron en dicha vivienda, conocida como palacio de Buenavista y sita en el antiguo huerto de Juan Hernández, con entrada por la calle de la Emperatriz sin número, el propio jefe de Policía en compañía de dos subalternos, y procedió a efectuar las averiguaciones del caso, inspeccionando el lugar de los hechos e interrogando a todas las personas que pudieran proporcionar valedera información concerniente a dicho deceso.

En ausencia de familiares directos, viuda la señora Duquesa de Alva sin descendencia, fallecidos sus padres y con condición de hija única, nos reciben en el palacio la señorita doña Catalina Barajas, su criada de cámara, y don Ramón Cabrera, capellán, que se ponen a nuestras órdenes y nos aconsejan establecer comunicación con don Carlos Pignatelli, familiar de la difunta, y ellos mismos se ofrecen a convocarlo a nuestra presencia. Mientras esperamos la llegada del susodicho, que no se hospeda en el palacio sino en vivienda propia en la calle del Barquillo, procedemos a reconocer el lugar del hecho en compañía de la propia señorita Barajas, quedando el señor capellán a nuestras órdenes entretenido en sus quehaceres del oratorio del palacio;

la señorita Barajas resulta ser, además de criada de cámara, la persona de toda la servidumbre de la señora Duquesa más próxima a su ama por los años que llevaba a su servicio y la delicadeza de las funciones que desempeñaba, y también, por declaración propia, la persona que estuvo junto a la difunta en el momento de su fallecimiento, la que primera fue testigo de sus malestares y la socorrió en la víspera y la que mayormente la acompañó durante las horas que transcurrieron hasta su muerte;

la señorita Barajas nos conduce a las habitaciones privadas de la señora Duquesa, que se hallan en el piso alto, separadas del resto de la vivienda por varios salones vacíos (uno de ellos cubierto de espejos), todavía no incorporados a la vida del palacio por hallarse en construcción y sin el debido ornato, y uno solo de los cuales está destinado con carácter provisional a taller de pintura del pintor don Francisco de Goya, que ejecuta, por orden de la señora Duquesa, la decoración de esos salones. El cuarto de la señora Duquesa se compone de tres cámaras: un salón tocador y recibidor, un dormitorio con alcoba, y un gabinete higiénico con los últimos adelantos del progreso; habitaciones éstas de las que su dueña no salió en las últimas doce horas de su vida, las que pasaron entre sentir ella los primeros síntomas de su enfermedad hasta su fallecimiento. Transcurridos ocho días de producido éste, y cinco de sus funerales, las habitaciones se hallan ordenadas y cerradas; la señorita Barajas personalmente ha realizado esa tarea; la señorita Barajas no encontró en ellas nada digno de su especial atención; la señorita Barajas nos hace notar que estas habitaciones tienen una sola puerta de comunicación con el resto del palacio, la que une el salón tocador con el pasillo general, lo cual dificulta en extremo el acceso al cuarto de personas extrañas a la dueña de casa o a su servidumbre personal;

procedemos a interrogar a la señorita Barajas y damos cuenta del resultado:

Pregunta. — ¿Su nombre?

Respuesta. — Catalina Barajas Carneiro.

P. — ¿Su vinculación con la difunta?

R. — Soy... era su criada de cámara.

P. — ¿Soy o era?

R. — Perdón. Era. La señora está muerta. Ya no me necesita.

P. — ¿Desde hace mucho tiempo desempeñaba usted ese cargo?

R. — Desde toda la vida.

P. — ¿Desde pequeñas las dos, digamos?

R. — Perdón. Trataré de ser más precisa. Estoy al servicio de la señora Duquesa desde que ella era soltera. Yo era prácticamente una niña. No recuerdo la edad exacta, perdone. Cuando casó con el Duque, seguí a su lado. Era una de sus doncellas. Me desempeño como criada de cámara desde el retiro de la anterior, hace unos ocho años.

P. — ¿No recuerda con exactitud la fecha exacta?

R. — Sí. La recuerdo. El día de santa Catalina de 1794. La señora quiso hacerme ese regalo en el día de mi santo. Era muy generosa y pensaba mucho en los demás.

P. — ¿Cuándo vio con vida a la señora Duquesa por última vez?

R. — Murió en mis brazos.

P. — ¿Tuvo una agonía muy dolorosa?

R. — Mucho. Pero en esos últimos minutos estaba tranquila.

P. — ¿Dijo algo antes de morir que pudiera interesar a esta investigación?

R. — Dijo... Perdón. No creo que interese. Preferiría...

P. — Somos nosotros que debemos juzgarlo.

R. — Dijo: "Catalina mía, esa pícara muerte me está haciendo señas, como un torero con su muleta. Allá voy..."

P. — ¿Qué causas cree usted que determinaron ese fallecimiento?

R. — Los propios médicos no se ponen del

todo de acuerdo. Dicen que unas fiebres... Será. Volvíamos de Andalucía y allí vimos morir a muchos. Los síntomas, sin embargo, no eran los mismos. No lo sé, realmente. Y ya no importa...

P. — Si importa o no, lo estimaremos nosotros. ¿Tiene usted alguna razón para creer que en la muerte de la señora Duquesa haya intervenido un agente distinto a una enfermedad?

R. — No le entiendo, señor.

P. — Un agente externo... deliberado... Veneno, por ejemplo. ¡Un asesino, vamos!

R. — Dios me libre de pensarlo. ¡Anidaría un gran odio en mi corazón...!

P. — Deje sus sentimientos a un lado. ¿Piensa usted o no que es probable que haya ingerido un veneno por inadvertencia?

R. — ¡Pero sería espantoso!

P. — ¿Me dirá usted que ignora qué es lo que se dice en Madrid?

R. — Yo no he vuelto a salir a la calle, señor. Los que estamos en palacio, no hacemos más que llorar. Nadie ha pensado en un veneno, estoy segura. Aceptamos los designios de la Providencia. Aunque sean difíciles de comprender. Han segado en su plenitud la vida de un ser maravilloso: mi ama.

P. — ¿No sabe usted de nadie que quisiera tan mal a la señora Duquesa como para desear apresurarle la muerte?

R. — De nadie, señor. Aquí en palacio, todos la queríamos. Fuera de palacio, usted debe saber más que yo. Pero no puedo creer que...

P. — ¿Recibió alguna visita su ama el día anterior a su fallecimiento?

R. — Recibió muchas, por la noche. Dio una fiesta. Eran dieciséis personas a la mesa. El señor Pignatelli o el secretario, señor Berganza, podrán proporcionarle los nombres. Yo estaba en las cocinas, dirigiendo el servicio.

P. — ¿Eso forma parte de sus obligaciones?

R. — Mis obligaciones eran hacer todo lo que mi señora esperara de mí. Y ella me tenía mucha confianza.

P. — ¿Vio a la señora Duquesa después de la fiesta?

R. — Por supuesto. Me llamó a su cuarto. Siempre la ayudo a... perdón, la ayudaba a desvestirse.

P. — ¿La encontró en un estado de ánimo normal?

R. — Como solía quedar después de las fiestas. Un poco triste, un poco inquieta...

P. — ¿Dijo o hizo algo extraordinario?

R. — No. Bueno... me invitó a beber. Nos habían regalado un vino de Jerez en nuestro viaje a Andalucía, y ella tenía un botellón en el tocador. Todavía está allí, usted debe haberlo visto.

P. — ¿Bebió usted?

R. — Las dos bebimos. Es un vino exquisito.

P. — ¿Cuándo dio la señora Duquesa muestras de sentirse mal? ¿Por la mañana?

R. — No. Una hora, dos horas después. Yo me había dormido. Volvió a llamarme. Náuseas, sudores fríos, dolores en el vientre... Poco después mandamos llamar al médico. Llegó el doctor Bonells. Ya era de día.

Concluido el interrogatorio, ya estaba en palacio don Carlos Pignatelli. El señor Pignatelli resulta ser un joven distinguido, de maneras desenvueltas y genio despierto. La señorita Barajas pone a nuestra disposición un salón de la planta baja, con mesa de despacho, que podemos ocupar y utilizar como nuestro mientras dure la investigación, y allí hacemos traer a nuestra presencia al señor Pignatelli, desarrollándose el interrogatorio de la siguiente manera:

Pregunta. — ¿Su nombre?

Respuesta. — Carlos Pignatelli y Alcántara.

P. — ¿Su relación con la difunta?

R. — No es fácil definirla. Antes que nada, diría una antigua y profunda amistad. Pero nos unía un extraño lazo de parentesco legal, puesto que mi padre, el Conde de Fuentes, casó en segundas nupcias con la madre de la Duquesa, lo que nos hacía, si usted quiere, hermanos, pero de tan curiosa índole que hubiéramos podido casarnos. Un poco complicado, comprendo... Para simplificarlo, nosotros nos llamábamos recíprocamente: primos. Primo Carlos. Prima Cayetana.

P. — ¿La frecuentaba usted mucho?

R. — Desde el principio, bastante. Nuestros padres se casaron el mismo día que ella con el Duque de Alba, y pertenecíamos al mismo mundo, teníamos la misma edad —en verdad, era un poquillo mayor que yo—, íbamos a los mismos saraos, participábamos de las mismas diversiones. Luego yo estuve ausente unos años, viviendo en París. Cuando volví, éramos ya dos personas hechas y ella había enviudado. Desde entonces he sido un asiduo de su palacio de la Moncloa, primero, y ahora, aquí en Buenavista, y me convertí, creo, en algo así como su acompañante. Los franceses tienen un término para eso: "chevalier servant", caballero al servicio. No implica ninguna relación íntima, entendámonos.

P. — ¿Cuándo la vio por última vez?

R. — ¿Con vida? Supongo que es lo que interesa. Más o menos una hora antes de producirse su muerte, cuando salí a buscar de nuevo a don Francisco Durán, uno de sus médicos de cabecera, y digo de nuevo porque habíamos estado intentando vanamente localizarlo... Lo encontré al fin, lo traje, y ella murió al poco rato. Horrible. No podía creerlo. Mi prima era una mujer tan llena de vida, de espíritu... Perdone, no es lo que me está preguntando.

P. — ¿Qué causas cree usted que determinaron su fallecimiento?

R. — Los médicos podrán contestarlo mejor que yo. Supongo. No creo mucho en los médicos, aunque por supuesto corra a buscarlos cuando haya menester.

P. — ¿Tiene algún motivo para creer que en la muerte de su prima haya incidido algún agente... ajeno a su naturaleza?

R. — ¿Un veneno? Debí suponerlo, es inevitable. Quiero decir: los policías siempre se mueven en esas direcciones... Pues no, no tengo ningún motivo. Aunque tampoco sé por qué debería descartarlo...

P. — Concrétese a responder nuestras preguntas, por favor. De otro modo se hace difícil seguir el orden del interrogatorio. ¿Pensó usted en el veneno cuando vio enfermar repentinamente a la señora Duquesa?

R. — Me concreto. No. No lo pensé. Pensé más bien en su alocado viaje a Andalucía...

P. — Luego achaca a ese viaje algún contagio...

R. — No achaco nada. No soy quién para hacerlo. Pregúntenlo a los médicos, insisto. Pero todo el mundo le previno que no hiciera ese viaje, que los brotes epidémicos, que esto y lo otro, y ella como siempre se salió con la suya.

P. — ¿O sea que de no haber viajado la difunta, no habría contraído ese mal que la llevó a la muerte en pocas horas?

R. — ¡Insiste usted! ¿Qué quiere que le diga? ¡Sólo Dios lo sabe! Si es que tan insigne personaje presta alguna atención a esos detalles... Mi prima no estaba buena desde hacía mucho tiempo, tenía un organismo prematuramente debilitado... Si un mal la cogió de repente, encontró un campo propicio para prosperar.

P. — ¿Luego alguien pudo proponerse anticipar ese desgaste?

R. — ¿Qué quiere decir? ¡Otra vez el asesino! Pues bien, sí, no es imposible. Los seres excepcionales son un fastidio inmenso para los mediocres, señor. Y prima Cayetana era excepcional. Pero, claro, tendría que hallar usted un mediocre con pasta de asesino...

P. — Vayamos a algo más concreto. La Duquesa dio una fiesta la víspera de su muerte. ¿Podría usted decirnos...?

R. — Aquí tiene. He confeccionado la lista mientras esperaba. Di por sentado que me la pedirían. Dieciséis personas en total, comprendida la anfitriona. Una reunión íntima, pero hay invitados para todos los gustos: desde un príncipe heredero a una cómica. Léala. Es un espectro de la vida social de mi prima.

R. — La leeremos en su momento. Antes, ¿tiene usted a bien decirnos si durante la fiesta la señora Duquesa ingirió algo que no hayan probado sus invitados?

R. — Señor jefe de Policía, comer o beber algo distinto de lo que se ofrece a los invitados, es considerado en nuestro mundo una falta grave de educación.

P. — Terminado su interrogatorio, señor Pignatelli.

La lista de los comensales de la víspera del fallecimiento de la señora Duquesa incluye a las siguientes personas: don Fernando, Príncipe de Asturias, Generalísimo señor Duque de Alcudia y Príncipe de la Paz, don Manuel de Godoy y su esposa la señora Condesa de Chinchón, el Cardenal-Arzobispo de Toledo, don Luis de Borbón, los Condes-Duques de Benavente-Osuna, el Conde Haro y su prometida doña Manuela Silva y Waldstein, General Eusebio Cornel, doña Pepita Tudó, don Carlos Pignatelli, don Francisco de Goya, pintor, don Isidoro Máiquez, actor, doña Rita Luna, actriz, y don Manuel Costillares, diestro. Don Manuel Godoy y su señora esposa se retiraron aproximadamente a las dos de la madrugada; todos los demás, dos horas después; el propio señor Pignatelli, tras despedir a los otros invitados en nombre de la anfitriona, se retiró él mismo a su residencia. No parece haber ningún motivo para molestar a ninguna de esas personas por cuanto la señora Duquesa de Alva se mantuvo en buena salud hasta el final del sarao y éste se desarrolló dentro de la mayor normalidad.

Entendemos en cambio que interesa interrogar a los dos médicos que atendieron a la difunta durante su agonía y solicitamos al señor Pignatelli que los convoque para la tarde siguiente. Entretanto, retiramos una prueba del botellón de vino de Jerez para su correspondiente examen en los laboratorios oficiales.

En el día 1 de agosto de 1802, nos apersonamos a las seis de la tarde en el palacio de Buenavista y allí encontramos esperándonos a don Jaime Bonells y don Francisco Durán, médicos de cabecera de la difunta. El doctor Bonells es hombre anciano, con el talante y la filosofía de los antiguos médicos y su natural discreción; el doctor Durán es joven, enérgico y petulante, y pertenece a la nueva promoción de facultativos, formada en los conceptos de la medicina en boga en las Universidades de la Francia y la Inglaterra. Empezamos por interrogar al más anciano de ambos.

Pregunta. — ¿Su nombre?
Respuesta. — Jaime Bonells Sunyer.
P. — ¿Su relación con la difunta?
R. — Me cabe el honor de haber sido médico de cabecera de la insigne familia de los Alva desde hace más de cuarenta años; traté a la señora

Duquesa desde su ingreso a la familia en 1775 y asistí a los últimos momentos del último Duque, su esposo.

P. — ¿También los últimos momentos de la Duquesa, el día 23 de julio pasado?

R. — No tuve el honor. En esos momentos me había reemplazado mi colega don Francisco Durán. Un joven facultativo de mérito, quiero puntualizar.

P. — ¿Quiere decir que estaba en buenas manos?

R. — Desde el momento en que estaba en sus manos, huelga el decirlo.

P. — ¿No trató usted entonces a la Duquesa durante la agonía que la llevó a la muerte?

R. — No me he explicado bien, y le ruego tenga a bien perdonarme. Yo fui llamado por la mañana muy temprano junto al lecho de la Duquesa, y permanecí a su lado unas nueve horas, tratando de remediar su estado. Sin resultado, desgraciadamente. Dios no lo quiso así.

P. — ¿Era usted entonces su médico de cabecera?

R. — Me veo obligado a sutilizar. Lo era y no lo era. Atendí a la Duquesa con continuidad hasta hace unos cuatro años; luego ella se puso por decisión propia en manos del doctor Durán. Yo permanecí a sus órdenes; no podía menos, era mi deber moral seguir acudiendo a palacio cuantas veces me llamaran para tratar a sus familiares y criados. Pero a la Duquesa, personalmente, no volví a tratarla salvo por algún resfrío o constipado insignificantes, y siempre que se hallaba fuera de la ciudad mi citado colega.

P. — ¿Por qué entonces fue llamado usted esa mañana?

R. — No se me dijo expresamente, pero presumo que se acudió primero a don Francisco y no se le encontró. El viejo Bonells siempre está en su sitio y pronto a socorrer a quien sea —y tanto más tratándose de la propia Duquesa— como lo mandan la vocación médica y la moral cristiana.

P. — ¿Insinúa usted que el otro médico pueda haber faltado a ellas?

R. — ¡Por Dios! No he dicho eso. Sus razones de peso para no acudir de inmediato habrá tenido el doctor Durán, quien, repito, me merece todos los respetos profesionalmente hablando.

P. — ¿Qué juicio se formó usted del mal que aquejaba a la Duquesa?

R. — Pone usted el dedo en la llaga, señor jefe de Policía. Después de no visitar a mi paciente durante cuatro años, no estaba en las mejores condiciones para dictaminar sobre su estado. En el primer momento pensé en una intoxicación de estas que suelen procurarnos las miasmas del verano, pero al enterarme de que la señora Duquesa, contra todas las recomendaciones, incluso las mías, había insistido en viajar a Andalucía; al saber, por la señorita Catalina, que había llegado a estar en contacto con enfermos, me incliné a pensar que había contraído una de aquellas terribles fiebres, la había incubado durante varios días y al fin ella se había manifestado en forma virulenta, de un momento a otro, como suele ocurrir.

P. — ¿Piensa usted, como otras personas, que el de la Duquesa era un organismo desgastado y debilitado, propenso a coger cualquier enfermedad?

R. — La Duquesa era una mujer vigorosa, y no había pasado los cuarenta años. Ahora bien, si padecía de viejos males inconveniente o desaprensivamente tratados, eso no lo puedo juzgar... El doctor Durán, que la asistió durante los últimos años, podrá decirlo mejor que yo. Yo me limité a hacer lo que estaba en mis manos, y debo decir que la voluntad de Dios quiso que fracasara, y cuando supe que don Francisco había anunciado su visita, me retiré a mi casa para evitar interferencias y suspicacias que, desde el fondo de mi corazón, aborrezco.

P. — ¿Pensó usted en algún momento que la Duquesa pudiera haber sido envenenada?

R. — ¡¿Qué dice usted?! En ningún momento. ¿Y por quién? ¡Dios mío! Esas cosas no ocurren en la casa de Alva. Estamos en España, señor jefe de Policía, y a pesar de que el demonio nos ronda, nada se aviene menos al alma española que un arma tan traidora y alevosa como el veneno. No, rechazo de plano esa insinuación.

P. — ¿Descarta usted pues que nadie haya podido tener interés en eliminar físicamente a la señora Duquesa?

R. — ¿Por qué iba a tenerlo? ¡Era la duquesa de Alva! Tendría sus defectillos, como todos tenemos. Quizás era un poco veleidosa y propensa a las imaginaciones, y por tanto inclinada a veces a algunas fantasías, me refiero a ciertas formas de curanderismo, ¡pero no se envenena a nadie por eso, señor mío! Por lo demás, un médico de mi larga experiencia hubiera advertido en seguida los síntomas de un envenenamiento, los hubiera combatido adecuadamente, y en caso de no obtener éxito, hubiera exigido una autopsia. Esto no ocurrió; no tengo mejor respuesta a su pregunta.

Despachamos al señor Bonells, un poco alterado durante la última parte de la entrevista, e hicimos pasar a don Francisco Durán. El encuentro y saludo de los dos galenos fue frío pero ceremonioso. El joven facultativo se sentó y comenzó a hacer preguntas y fue necesario hacerle notar que estaba allí para responderlas. He aquí el resultado de nuestro interrogatorio:

Pregunta. — ¿Su nombre?

Respuesta. — Francisco Durán y Conde.

P. — ¿Su relación con la difunta?

R. — Soy su médico de cabecera desde comienzos de 1798.

P. — ¿Sustituyendo a don Jaime Bonells?

R. — ¿Ya se lo dijo Bonells? Pobre viejo. Para él fue un agravio y no está dispuesto a olvidarlo. ¿Habló muy mal de mí?

P. — Por favor, doctor Durán, se lo repetimos. A nosotros nos toca preguntar. Y los interrogatorios son estrictamente confidenciales.

R. — Está bien. Está bien. Comprendo. Mejor. No nos alargaremos inútilmente. Pregunte.

P. — ¿Por qué razones empezó usted a tratar a la señora Duquesa?

R. — Oh, las habituales. Una recomendación. Atendí con buen éxito a uno de los niños de los Benavente-Osuna. La Duquesa se sentía aquejada por unos malestares de cabeza que se resistían a todo tratamiento... Bueno, para ser breve: el viejo Bonells no daba en la tecla. Yo di. No es un gran mérito. La medicina se desenvuelve entre azares y posibilidades. Es un arte que está en sus balbuceos y es mejor saberlo.

P. — ¿Entiende usted que su paciente, la señora Duquesa, tenía un organismo debilitado y propenso a...?

R. — Ésas son afirmaciones demasiado genéricas, más propias de un lego que de un hombre de ciencia. La Duquesa respondió bien a alguno de mis tratamientos y mal a otros. Tenía cerca de los cuarenta años, creo. Una edad en que ya la naturaleza ha cedido algunos palmos de terreno a la muerte.

P. — ¿Tiene usted una idea clara de lo que le causó esa muerte repentina y diríamos... violenta?

R. — Tenga en cuenta una cosa. Llegué cuando se estaba muriendo. Usted sabe que sus familiares me estuvieron buscando todo el día, pero yo había salido de caza y aún no había regresado... Una circunstancia deplorable. Quizá se pudo hacer algo. Tal como yo la encontré, lo mejor era dejarla morir tranquila.

P. — ¿Admite usted entonces que pudo morir por causa de un agente externo a la naturaleza?

R. — ¿Qué quiere usted decir? Aclárese.

P. — Un veneno...

R. — ¡Por Dios! Ya me parecía. ¡Qué melodramático! ¿Un veneno? ¿Por qué no? Pero también: ¿Por qué sí? No hay ningún rigor científico que nos lleve a esa conclusión. Es una hipótesis... ¡de teatro, de novela! Pero tampoco tengo razones científicas suficientes como para excluirla. ¿Quiere que le diga la verdad? Para mí vale tanto como la de las miasmas madrileñas o los contagios andaluces... Todo vale. Mientras sean especulaciones intelectuales sin ninguna evidencia... Pero no vamos a someter a una autopsia a la pobre Duquesa con tan pobre base, ¿no es así? Pues conformémonos con el dictamen médico, el que estuvimos de acuerdo en firmar Bonells y yo: "Certificamos la defunción parapá parapá parapá de doña María Teresa parapá parapá parapá a causa de unas fiebres intestinales que le provocaron parapá parapá parapá...

P. — Gracias, doctor Durán. Puede retirarse.

R. — Ah, a propósito. La buena de Catalina acaba de trasmitirnos que estamos todos convocados esta tarde al estudio del notario para la lectura del testamento de la Duquesa. Aparentemente nos deja un legado. A Bonells también. Espero que no le toque menos que a mí. No lo podría resistir. Tiene una tensión sanguínea altísima. Uno se siente tentado a hacerle una sangría. Si viene mañana, señor policía, quizá tengamos algo que celebrar todos juntos. La Duquesa era extraordinariamente generosa. Pero cada uno de nosotros, estoy seguro, preferiría seguir viéndola cantar y correr por el palacio. ¿Veneno? Melodramático, señores.

P. — Puede retirarse, doctor Durán.

En el día 2 de agosto tuvimos el resultado del examen del vino de Jerez y resultó negativo. Era, al parecer, un óptimo vino de Jerez sin adulteración alguna. Habiéndose usado todo su contenido en los exámenes, el botellón se devolvió vacío al tocador de la Duquesa. Al llegar al palacio de Buenavista, a la misma hora de los días anteriores, nos recibió don Carlos Pignatelli, en compañía de seis personas más: la señorita Catalina Barajas y los médicos don Jaime Bonells y don Francisco Durán, de los que ya hemos dejado constancia en sus respectivos interrogatorios, y don Ramón Cabrera, capellán, don Tomás de Berganza, secretario, y don Antonio Bargas, gentilhombre y tesorero de la Duquesa. Los siete, juntos, quisieron comunicarnos formalmente el hecho de haber sido nombrados, por partes iguales, herederos universales de la Duquesa, y su voluntad de ponerse todos ellos a nuestra disposición para el mejor resultado de la investigación, al mismo tiempo que su deseo de que ésta se realizara en tal forma que no diera más pábulo a los rumores que corrían por la ciudad (que ellos consideraban carentes de toda base, si bien se atenían a las conclusiones de nuestra encuesta) y no enturbiara con un escándalo innecesario la memoria de su ilustre y querida benefactora. Debemos decir que el señor Pignatelli, que tomó la palabra por los demás, se mostró de un talante harto más solícito que en la anterior entrevista, y que los señores Bonells y Durán manifestaron reiteradamente haber conferenciado y estar en un todo de acuerdo en rechazar la hipótesis de un veneno y la necesidad de una autopsia. En cuanto a las tres personas aún no sometidas a interrogatorio por nuestra parte, quedaron en palacio a nuestras órdenes. De modo que procedimos a efectuarlos. Llamamos primero a nuestra presencia al señor capellán.

Pregunta. — ¿Su nombre?

Respuesta. — Tomás Cabrera Pérez.

P. — ¿Su relación con la difunta?

R. — Tengo a mi cargo la capilla de palacio, como antes tuve la del palacio de la Moncloa y, durante los viajes que efectuaba la difunta a sus posesiones, los distintos oratorios privados de sus casas y palacios.

P. — ¿Era también su confesor?

R. — En ocasiones.

P. — ¿Quiere decir que la señora Duquesa no frecuentaba los sacramentos?

R. — De ningún modo, señor. Estaría tan fuera de lugar que yo se lo dijera como que usted me lo preguntara. Ésos son asuntos privados entre la persona y Dios y los sacerdotes no somos más que intermediarios de un...

P. — ¿Cuándo asistió religiosamente a la señora Duquesa por última vez?

R. — En los últimos minutos de su vida. Alcancé a darle los últimos auxilios. La extremaunción.

P. — ¿A qué causas atribuiría usted su fallecimiento?

R. — Dios quiso llamarla a su seno. Los medios naturales... la enfermedad, digamos... Pues no lo sé. Ya ha oído usted a sus médicos. La vi cuatro o cinco veces a lo largo de su agonía, para ayudarla en sus oraciones. Dios la sometió a una prueba muy dura. Los espasmos de dolor se sucedían constantemente. Casi no podía completar un avemaría. Al final estaba extenuada y tranquila, como si el organismo hubiera dejado de luchar para que el alma volara más libremente hacia Dios.

P. — ¿No se hacía usted pues idea del mal que la aquejaba?

R. — De eso tenía que ocuparse el médico, señor. Mi atención debía estar en otro lado. Toda agonía tiene dos caras. Agonía, en griego, significa lucha. Y la lucha es doble; una tiene que ver con la salud del cuerpo y de ésa se ocupa el médico; la otra tiene que ver con la salvación del alma y ésa es la única que debe inquietar a un sacerdote que está asistiendo a un moribundo.

P. — ¿Consideró usted en algún momento que la señora Duquesa pudiera haber sido envenenada?

R. — Mi respuesta está implícita en lo que acabo de decirle. No se me pasó por la mente. Pero ahora que usted lo nombra, ahora que según parece eso es motivo de conjeturas y comentarios en el mundo, puedo decirle que rechazo la idea con energía. Y entiéndame bien, los sacerdotes no nos asustamos del mal, estamos, incluso, más familiarizados con él que los demás mortales, pero en este caso pensar en un veneno me parece una característica perversión mundana. En estos tiempos de impiedad que corren, los misteriosos designios de Dios no son aceptados por causa suficiente. Hay que hallar explicación a las cosas, como quieren esos demonios de racionalistas.

P. — Gracias, padre. Una última pregunta. ¿Sabía usted de gentes que quisieran mal a la Duquesa?

R. — Nunca hay que buscar los enemigos fuera, señor mío. Los enemigos nos acechan en nuestra propia alma. La Duquesa tenía los suyos, ¡cómo no! Como todos. El orgullo, las vanidades de este mundo, el desorden de los sentidos... ¡Ésos son los venenos! ¡Ésos son los envenenadores!

P. — Es suficiente, Padre. Gracias por su atención. ¿Es tan amable de decirle al señor de Berganza que pase?

El anciano Padre Cabrera, a quien no parecen quedarle muchos años de salud mental para disfrutar de la herencia que le ha tocado, deja paso al señor de Berganza, un hombre joven, pequeño y movedizo, que desde su entrada manifiesta su buena disposición y su interés en el interrogatorio.

Pregunta. — ¿Su nombre?

Respuesta. — Tomás de Berganza y García de Zúñiga.

P. — ¿Su relación con la difunta?

R. — Secretario privado, desde hace tres años. Pero desde mucho antes fue mi valedora, desde que quedé huérfano de padre, no tenía yo más de seis años. La señora Duquesa me protegió, cuidó de mi educación, pagó mis estudios, me tomó a su servicio. Todo se lo debo a ella.

P. — ¿En qué consistía su trabajo?

R. — En ordenar su correspondencia, en contestarla cuando no se trataba de cartas estrictamente privadas, en llevarle un "pour mémoire" de sus compromisos sociales, en atender cierto tipo de visitas, realizar cierto tipo de compras, en fin, usted me entiende, en todo lo que implica una confianza depositada en alguien por afinidad de gustos o de pareceres... Para darle un ejemplo, en la fiesta de la víspera, yo me ocupé de la disposición de los invitados en la mesa, de comprar las flores, de contratar a los músicos y elegir lo que debían tocar: Boccherini, Haydn, Corelli. ¿Ve usted? Mil detalles. Era una vida deliciosa y sin ella nunca las cosas volverán a ser como antes, pese a su incomparable generosidad...

P. — ¿Cuándo la vio usted por última vez?

R. — La noche de la fiesta, cuando ésta comenzaba y en algún momento en que me asomé a vigilar si todo marchaba debidamente. Así era. Fue una fiesta inolvidable. La señora Duquesa estaba esplendorosa aquella noche, con su vestido color fuego. Quién iba a decir que pocas horas después... Perdone, no puedo recordarlo sin...

P. — ¿No la vio usted durante su agonía?

R. — No quise, no pude. Estaba demasiado acongojado. No hubiera podido dominarme delante de ella. Los demás estuvieron de acuerdo en que era mejor que no entrara... Y yo prefiero haberme quedado con aquel último recuerdo. ¡Ella reinando en la fiesta! ¡Una diosa! Eso era. Una diosa.

P. — ¿De qué diría usted que murió la Duquesa?

R. — Dios mío, era tan delicada, tan frágil, cualquier cosa pudo... Y en Andalucía se expuso locamente, a pesar de todas las advertencias. ¿Sabe que llegó a velar una noche entera a un pobre negro aquejado de aquellas horribles fiebres? No había forma de disuadirla. Hasta que al fin pudimos arrastrarla a Madrid... ¿Para qué, Dios mío, para qué? Para este fin tan triste... Perdóneme, se impacienta usted. ¿De qué murió? Yo diría que cogió las fiebres... ¿Pero no me pregunta usted del veneno?

P. — Háblenos de eso, por favor.

R. — ¿Qué puedo decirle? ¿Quién puede saberlo? Un veneno, sí, es un desenlace trágico para una vida maravillosa... Es casi... lógico, ¿no? Sin embargo, ¿cuándo pudieron dárselo? ¿Durante la fiesta? ¿Alguien pudo haber osado envenenar su copa a la vista de todo el mundo? ¿Y quién? ¿Alguno de sus invitados? ¡Dios mío! ¿Ha visto usted la lista? La misma familia real, un cardenal, los Osuna... y los otros: Goya, Costillares, los Máiquez, ellos la adoraban... ¿Entonces quién? ¿Quién?

P. — Es lo que queríamos preguntarle, señor de Berganza. ¿Quién?

R. — Un monstruo. Alguien que por envidia haya querido acabar con una vida tan rica y tan brillante como la de ella... Eso, un monstruo.

Tendría usted que buscar un monstruo, señor jefe de Policía.

P. — Gracias por su colaboración, señor de Berganza. Puede retirarse.

R. — ¿Le digo al señor Bargas que pase a declarar?

P. — Si es tan amable.

El señor Bargas es un caballero entrado en años, vestido de negro, con cierto aire leguleyo y parsimonioso. Entra a declarar con mucha circunspección y disipa en un instante la atmósfera un poco febril y efervescente dejada por el señor de Berganza. Se sienta en silencio y no levanta casi sus ojos grises tras sus gafas de pinza.

Pregunta. — ¿Su nombre?

Respuesta. — Antonio Bargas.

P. — ¿Bargas qué?

R. — Bargas Bargas.

P. — ¿Su relación con la difunta?

R. — He sido su gentilhombre y tesorero. Lo fui antes del finado Duque.

P. — ¿Cuándo la vio con vida por última vez?

R. — Unas horas antes de morir. Yo estaba en la antecámara, no quería entrar, pensé que molestaría. Ella me mandó llamar. Quería verme.

P. — ¿Tenía algo que comunicarle?

R. — Yo creí que pese a sus malestares, quería despachar conmigo como todos los días. Pero me bastó verla para comprender que era imposibre. La pobre duquesita... Perdón, para mí siempre fue la duquesita; la conocí que era casi una niña, el día de sus bodas. Pues bien, la señora Duquesa se moría. Lo comprendí en seguida.

P. — ¿Y para qué lo mandó llamar? ¿Para despedirse de usted?

R. — Quizá. Quizás eso también. Pobrecilla. Pero quería decirme algo: el nombre del notario a quien había dejado en depósito su testamento.

P. — ¿A qué causas atribuye usted la muerte de la Duquesa?

R. — Me atengo a lo que dicen los médicos. Todo lo demás me parece cháchara vana.

P. — ¿En ningún momento pensó usted que algún agente externo, algún...?

R. — ¿Veneno? Ni por un instante. Fantasías de desocupados.

P. — ¿Sabe usted de gentes que quisieran mal a la Duquesa?

R. — De nadie. Un poquitín de celos, a lo sumo. Pero con la intención que usted lo dice, de nadie. Era una mujer franca, recta, generosa. Desarmaba a cualquiera, al más recalcitrante.

P. — Puede retirarse, señor Bargas. Y gracias.

R. — Gracias a usted.

El señor Bargas se retiró, tras detenerse un momento a secar sus gafas, y con su interroga... (1)

NOTA

(1) Aquí se interrumpió mi lectura. Faltan, creo una o dos páginas finales del informe, con los corolarios que no variaban sustancialmente su contenido. La hipótesis del veneno quedaba rechazada por falta de indicios, la común versión de los médicos y sobre todo por la ausencia de móviles aparentes. Se la reputaba fruto de la imaginación popular y de la maledicencia cortesana, fermentadas ambas en la canícula reinante. M. G.

ROMA, NOVIEMBRE DE 1824 (cont.)

ERAN LAS CUATRO Y MEDIA DE LA MAÑANA cuando terminé la lectura del informe, y la densidad y la viveza de los recuerdos, la rememoración casi corpórea, hasta con una temperatura y un perfume propios, de una noche igual y una lectura igual, veintidós años antes, dejó idéntico también, como un poso, el mismo saldo de otrora: el informe era tranquilizador, porque después de las murmuraciones que habían corrido como pólvora, después de la palpable amenaza de escándalo, después de la inquietud de las primeras averiguaciones, después de presentir y creer lo peor, llegaba con él un alivio inmenso. Todo volvía a su orden y el orden quedaba a salvo, como era mi obligación frente a la Corona y a mi amado señor don Carlos IV; todas las sombras se desvanecían, no sólo las que alcanzaban, maliciosa presunción e insidioso reporte, a la misma persona de la Reina por su vieja rivalidad con la de Alba, y a mí por militar Cayetana en partido enemigo del mío (1) (entonces todo escándalo inevitablemente nos impregnaba) sino también las que cubrían, más secretamente pero con proximidad más peligrosa, a otra persona relevante para la nación, cuya vinculación a una muerte misteriosa y extraña, no digamos ya a un asesinato premeditado, hubiera constituido simplemente una tragedia para el honor de España. Pero creo, otra vez, estar adelantándome a los acontecimientos.

La orden de averiguar exhaustivamente las causas de la muerte de la Duquesa había emanado del propio Rey don Carlos y yo no había hecho otra cosa que hacerla ejecutar, sin omitir, al paso de los datos que me iban llegando sobre la marcha de la investigación, algunas sugerencias y recomendaciones, ni inhibirme de tomar finalmente mi propia decisión: la de suprimir del informe, por inconvenientes y propicios a la propagación de nuevas sospechas y rumores, algún extremo surgido a lo largo de los interrogatorios. Que si la diligencia en las averiguaciones se complementó con la oportunidad y el celo de la censura, ello no hizo más que evitar a la Corona un trastorno mayor que el que había instigado al Rey a actuar. Y el resultado era este alivio, este volver las aguas a su cauce, este tono profesional y parco del informe contra el que se iban a estrellar y a deshacer, desalentados, los malos ánimos de la calumnia, y los arrestos, más débiles, de la simple curiosidad. El caso estaba, oficialmente, cerrado.

Pero eso no excluía una turbación de mi conciencia; al contrario, yo sabía que el informe era deliberadamente incompleto, que algún dato esencial había sido escamoteado —¡por mí mismo!—, que sus dictámenes eran, no aventurados ni desaprensivos, pero sí el fruto de una adulteración. Y eso hacía que mis sentimientos, al paso de la lectura, fueran contradictorios: aquel alivio y esta inquietud, aquella satisfacción del deber cumplido frente a mi señor, esta conciencia de mi responsabilidad en lo que tenía de mendaz, aunque fuera sólo por omisión, el dichoso informe (2). Que extrañamente, leído tantos años más tarde en esa noche desasosegada de Villa Campitelli, me revivió esos mismos sentires contrapuestos, como si otra vez hiciera sólo unos días de la muerte de Cayetana, como si a mis aprensiones al conocer las formas externas de su agonía se sumaran de nuevo, audibles en el ámbito del palacio, las supuraciones de la imaginación perversa, que hacían otra vez de "la vieja y el favorito" (como se nos apodaba cruelmente a la Reina y a mí en los pasillos y en los corros de la Puerta del Sol o del Paseo) los maquinadores de un criminal envenenamiento (3): como si, en la procuración de pruebas de nuestra inocencia, pudiera saltar una vez más como un siniestro muñeco de sorpresa otro sospechoso, al que yo mismo, y horror, la Reina misma, pudiéramos considerar un asesino. Y un asesino tan próximo, que me parecía sentirlo respirar junto a mi lecho... pero, ¡Dios mío! si estaba yo en Roma y en 1824, y Madrid y aquel 23 de julio de 1802 estaban tan distantes en la distancia y en el tiempo. Sin embargo...

¡Maldito Goya! ¿Qué sabía? ¿Qué había barruntado ese zafio campesino con algo de brujo en sus ojuelos negros? ¿Acaso, si sus datos o sus imaginaciones incriminaban a aquella misma persona, podía pensar que yo iba a recibir ahora su revelación con agrado y hasta con cierta vindicativa complacencia?

La luz ya entraba por las celosías. Y mientras me dejaba ganar por el sueño, empezaba a atraerme la idea de llamar a don Fancho a Roma...

Empero, al día siguiente, cambié el orden acostumbrado de mi paseo matinal, y empecé por acudir a la estafeta, donde despaché una carta para Burdeos. Decía así:

Estimado don Francisco,

grande fue mi alegría al recibir noticias suyas y saberlo con sus energías intactas, siempre dispuesto a la composición de nuevas obras de su ingenio, y pronto a emprender tan largos viajes como el que acaba de llevarlo a Francia o el que me propone hacer hasta Roma para visitarme. Lamentablemente, aunque he residido en Roma todos estos aciagos años del destierro, he decidido cambiar de aires y aunque no sé todavía si terminaré en Londres o en Viena, puesto que descarto París por las razones que usted puede colegir, de seguro emprenderé la marcha en breve (4). *Pero volveré a escribirle, porque de veras me gustaría encontrarlo y que habláramos del pasado, aunque mis Memorias no son todavía más que una intención y en el momento en que las escriba, si llega, sólo hablaré de los aconteceres políticos, de los que usted para su bien se vio exento* (5). *Quizá si llegamos a vernos pueda usted retratarme, que bien veo que no ha perdido usted la mano por el boceto que me envía y que mucho le agradezco, tan interesante por la fantasía como habilidoso por el dibujo. En cambio yo, como lo comprobará si nos vemos, harto he perdido en apostura y reciedumbre, que también para mí han pasado velozmente estos tristes años* (6). *Le ruego salude de mi parte a los amigos españoles con que tenga trato en ésa, y presente mis afectos a los familiares que le acompañan. ¿Está Javier con usted?* (7). *Reciba usted mi amistad y consideración de siempre,*

DON MANUEL DE GODOY,
Príncipe de la Paz.

Carta de que guardé, como es mi costumbre, copia.

Notas

(1) Efectivamente, la Duquesa de Alba militó, se ignora si por otra razón más válida que su vieja rivalidad con la Reina, en la "cabala" enemiga de ésta y de Godoy que se había formado en torno de la joven y controvertida figura del Príncipe de Asturias; otra personalidad de ese grupo fue el Ministro Cornel, enredado con la Duquesa hacia el 1800, pero es aventurado conjeturar que ningún amante haya tenido tanto ascendiente intelectual sobre ella como para hacerla adoptar partido político alguno. Por lo demás, tampoco es probable que haya existido ninguna simpatía natural entre dos personalidades tan contrarias, la una tan vital e independiente, la otra tan pusilánime y sombría, como las de la Duquesa y el futuro Fernando VII. Cabe pensar que la Duquesa, en la declinación de sus atractivos, haya decidido simplemente jugar un poco a la política, como tanta mujer notable en su circunstancia.

(2) No faltará quien opine que la mala conciencia de Godoy se mueve en un campo vecino de la

hipocresía, pero teniendo en cuenta la imagen de intachable honradez que él mismo intentó dar años atrás en sus Memorias, hay que reconocer el esfuerzo de sinceridad que hizo este anciano de ochenta años en este testimonio.

(3) Ya insistiremos más adelante en que el uso del veneno estaba tan difundido en Europa desde el Renacimiento, que el atribuir a una testa coronada o a un gobernante un asesinato por envenenamiento no era un punto más extravagante que suponer hoy en día a un Jefe de Estado instigando a sus servicios secretos para que procedan a la eliminación de un personaje políticamente peligroso por arma de fuego.

(4) Godoy visiblemente miente a Goya. Nunca existieron más que unos vagos proyectos de radicarse en Inglaterra, discutidos en su correspondencia amistosa con Lord Holland. El detalle de "descartar París", sin duda por la mayor inestabilidad de los gobiernos franceses de la época, aparece como un refuerzo de plausibilidad de la mentira. Toda la carta revela al político astuto, capaz de soslayar hasta el fin la respuesta verdaderamente comprometedora: la que debía al ofrecimiento de Goya de "referir preciosos datos relativos a un lamentable suceso".

(5) En este extremo, Godoy cumplió con lo dicho. En sus Memorias no presta prácticamente ninguna atención a lo personal o privado. Incluso la alusión a su casamiento con la Condesa de Chinchón concierne exclusivamente al aspecto político de la alianza. Pepita Tudó no aparece citada

una sola vez, ni mencionada no ya su relación con la Reina, sino la sola fama de que ella existiera. El vago rótulo de "calumnias e infamias" —nunca especificadas— intenta comprenderlo todo.

(6) Godoy tenía, al escribir la carta, cincuenta y siete años. Y es probable que la inacción y las frustraciones hubieran tenido efectos perniciosos, como él mismo insistirá más adelante, sobre el físico antaño vigoroso y atrayente del ex generalísimo y ex guardia de corps.

(7) Es evidente que Godoy, tras tantos años de haber perdido de vista a Goya, prefiere hablar vagamente de "los familiares que le acompañen", sin ninguna referencia expresa a su compañera doña Leocadia Weiss o a los hijos de ésta; prefiere recordar a Javier, el hijo de Goya que presumiblemente ha visto junto a su padre hasta 1808, cuando aquél tenía veinticuatro años, y que no es probable siguiera con él pasados los cuarenta.

BURDEOS, OCTUBRE DE 1825

EN OCTUBRE DE 1825 resolví hacer de incógnito un viaje a París con fines políticos que hoy no interesa descubrir (1). Y para evitar la suspicacia de la cancillería vaticana fingí partir como todos los meses hacia Pisa a visitar a la Condesa de Castillofiel y a sus hijos, costumbre que contaba con una tácita aquiescencia papal; desde Pisa, coche, caballos, cochero y postillón previamente contratados, seguí hasta París. Allí mis asuntos tuvieron un trámite más rápido de lo previsto —lo que en buen romance quiere decir que se malograron o que yo me había ilusionado fuera de toda proporción— y decidí regresar sin más dilación a Pisa, tanto por deseo de consolarme junto a Pepita y los míos (2), como por no dar un margen innecesario de éxito a los espías pontificios, a la sazón tenidos por los más hábiles de la Italia (3).

De modo que cogí el camino de Lyon, que de allí me llevaría a Ginebra y a través de Milán, a la Toscana. Fue en Lyon, en un albergue de sus cercanías, en que por cierto se yantaba espléndidamente (4), donde mis ojos recayeron casualmente en una señal de la carretera real, una gran flecha de madera pintada de blanco, en la cual se leía escrito con mayúsculas negras de fuerte trazo: "BORDEAUX". No sé si influyó la placentera digestión, o por el contrario ese muy otro sabor de fracaso que me llevaba de regreso a mi enfadoso encierro italiano, pero el hecho es que olvidando a los espías y mi propio anhelo de Pepita, decidí sin más cavilación desviar el rumbo hacia Burdeos. Los caballos eran buenos, el cochero diestro y animoso, y la Francia es una dulzura para los ojos en otoño, de modo que hice el viaje de buen talante y no puedo recordar en qué medida durante el trayecto fueron o no ganando mis pensamientos los sucesos que, ahora sí de modo inevitable, iban a ser materia de mi entrevista con el viejo Maestro. Sé que en algún momento me asaltó el temor de que en el curso de un año, Goya hubiera muerto y yo me quedara con mi curiosidad insatisfecha; pero en ese caso, decidí, siempre podría entretenerme con los liberales del exilio bordelés, platicar con ellos de España y de las ¡ay! cada vez más remotas perspectivas de un retorno a un régimen de gobierno que no fuera oscurantista y cruel como el del Rey Fernando, y sí más acorde con nuestros viejos sueños de una España sincronizada con el reloj de la Historia, ilustrada y moderna (5).

Me dirigí a la calle Fossés de l'Intendance; su nombre me había quedado curiosamente grabado en la memoria, porque la ortografía pintoresca del pintor en castellano se tornaba irreprochable en francés, y eso me había divertido. Pero Goya ya no vivía más en esos cuartos; una dama servicial lo recordaba como un vecino de carácter mudable ("tantôt gentil, tantôt farouche") y a su mujer como una hembra alborotadora ("une cancannière, une espagnole trop bavarde qui adore le raffut du ménage"), pero no sabía a ciencia cierta si seguían viviendo en Burdeos o se habían trasladado a Plombières, como en más de una oportunidad les había oído decir (6). La locuaz informante terminó por darme al fin un dato precioso: Goya, al parecer, acostumbraba reunirse todos los días "l'après-midi" con otros españoles en una chocolatería de un compatriota apellidado algo así como Poc. O Pot. No, Poc. Estaba segura: Poc. Unos jovencitos parientes suyos solían recitar en solfa: "Allons prendre un choc chez Poc, c'est le chic de notre époque." La chocolatería tenía tanta aceptación entre los propios bordeleses que no me sería difícil encontrarla (7).

Las señas las obtuve esa misma tarde en la fonda donde me hospedaba, y ni siquiera fue necesario usar el coche, porque a pie se llegaba en pocos minutos a la "rue du Petit-Taupe", tras un breve y agradable paseo y no demasiadas vueltas. En el camino, cruzando una plaza tapizada de hojas secas doradas al sol de media tarde, vi algo que ya me había llamado la atención en el vestíbulo de la fonda: un cartel anunciaba para esa noche misma, en el Grand Théâtre de la ciudad, una representación de "El Barbero de Sevilla". Me alegré pensando que de no encontrar a Goya me procuraría el consuelo del maestro Rossini y sobre todo de la visita del que pasaba por ser uno de los más bellos teatros de ópera de Europa, que hasta habíamos estudiado su imitación en Madrid, en un proyecto de coliseo frente al Palacio Real (8).

A poco, cuando todavía no había terminado de contornear el monumento central de la plaza, me sorprendió oír hablar castellano. Lo hacían dos caballeros, y en voz muy alta, como solemos hacerlo los españoles en calles y mesones, y aminoré el paso, para que no me distinguieran, y en uno de ellos, pese al tiempo transcurrido, reconocí al punto a Manuel Silvela, inconfundibles la bronca gravedad de la voz y la nariz de filo acuchillado que los años no habían hecho más que acentuar (9). No así el otro, en cuyo rostro decrépito y vencida figura no identifiqué al pronto a ningún viejo conocido. Me retrasé aún algo más y pude ver que llevaban mi misma dirección y que internándose por una estrecha callejuela penetraban en la que al fin de cuentas se llamaba: Maison Poc. Pero entretanto algo había ocurrido. Se había apoderado de mí una suerte de pánico, al comprender, con la velocidad y la claridad de un relámpago, cuán insensatas ilusiones me había hecho prediciéndome que un encuentro con cualquiera de estos liberales refugiados en Burdeos pudiera serme grato o provechoso; cuando, aunque lo que ellos y yo hubiéramos deseado hacía ya un cuarto de siglo para España no estuviera del todo divorciado y abundara en coincidencias, en tan contrarios campos habíamos militado, que era insensato optimismo suponer que el solo hecho de ser yo como ellos víctima de la persecución de un mismo gobierno, iba a significar que acogieran con alegría a quien habían tenido también por enemigo, y por nefasta su política (10).

En todo caso, no me sentí inclinado a hacer la prueba, a exponerme a un desaire o un agravio, y me encontré a dos pasos de la puerta de la Maison Poc y probablemente de Goya, renuente y tentado de poner harta distancia entre aquellos hombres y yo. En esa vacilación estaba cuando mi mirada recayó sobre un espejo que decoraba el ingreso junto al panel en que se leía "Chocolat et pâtisseries". La imagen que me devolvió el espejo, vista con ojos desprevenidos, ¡era tan dolorosamente distinta de la del Godoy que estos hombres habían dejado de ver casi veinte años antes y que sin duda recordarían!... Mi rostro aparecía socavado y fláccido, afiladas la nariz y la boca antaño carnosas y sensuales, invasora la calvicie donde un tiempo caía suave el pelo ondeado en las sienes, debilitado y empequeñecido el cuerpo recio, apagado el brillo de las pupilas y el rubor que el viento de Asturias deja impreso en la piel. Nadie iba a reconocerme. Bastaba, para pasar inadvertido, ponerme las gafas, dirigirme al camarero en un francés insospechable y ser discreto.

Luego de que mi entrada hubiera provocado apenas unas vagas miradas de curiosidad, fue a poco de sentarme, junto a la ventana, por sumar el contraluz a los cambios de la edad con el fin de hacer el reconocimiento aún más arduo, que identifiqué a don Leandro de Moratín en el otro de los que por mi lado habían pasado. El reconocerle no fue tal vez más que un eco, un rebote de mi propia imagen descaecida en el espejo. Pobre Moratín. Era una ruina de hombre (11).

No estaban solos. Había tres hombres más sentados a su mesa, desconocidos para mí aunque españoles por el habla, pues los cinco hablaban en voz muy alta, chanceando con el que parecía ser el dueño de la chocolatería (¿Poc?) (12), o comentando trivialidades, por lo mucho que de sus palabras me llegaba. No eran, por cierto, conspiradores ni el nombre de España se citó una sola vez que yo lo oyera, mientras uno de ellos se empeñaba en contar al detalle algo relativo a un estúpido trámite burocrático en no sé qué maldita oficina. Y el tono de la conversación no varió con la llegada de Goya.

Porque Goya llegó al poco rato, deteniéndose un instante en el umbral como para recuperar el aliento tras imitar la empinada carrera del pequeño topo —que así se llamaba la calleja— y me conmovió verlo después de tantos años, vigorosos todavía el empaque de la figura y la expresión del rostro, aunque abotargados una y otro por los muchos años, que era de lejos el más anciano de todos los presentes, aunque no por cierto el que diera más impresión de decadencia. Había adquirido, eso sí, y fue lo único que me sorprendió, con su redingote gris paloma, sus polainas negras y su jabot de un pálido crema, un cierto aire forzado y convencional, como si quince meses en Francia hubieran podido más que treinta años en la Corte española para imprimir un uniforme de honorabilidad burguesa a la estampa mezcla de campesino, bohemio y majo, que yo le recordaba de Madrid (13).

Se sentó frente a mí y dos o tres veces, no más, me miró con sus ojos todavía penetrantes, ocupados como los tenía todo el tiempo en leer en los labios de sus contertulios, ya que sin duda no podía oírlos. Pero esas dos o tres veces bastaron para inquietarme y pretendiendo que procuraba recibir más apropiada luz de la ventana sobre mi periódico, cambié de lugar y quedé de espaldas a él. Ni siquiera así me atreví a permanecer allí mucho rato. La tertulia prometía prolongarse y era improbable que Goya quedara solo y pudiera yo abordarlo; mejor sería, por la mañana, dejarle un mensaje en la misma chocolatería, de modo de librar a su discreción el declarar o no mi presencia en Burdeos a sus amigos; y me marché, creyendo pasar tan inadvertido como a mi entrada. No hubiera podido decir si el chocolate de Poc era excelente o abominable, tanto me había entregado a la tarea de cultivar mi incógnito.

Solo en un palco, asistiendo a un Barbero desatinadamente traducido al francés ("Una voce poco fa", por ejemplo, se tornaba "Une voix ne trompe pas"), noté que ya comenzado el segundo acto, alguien, un hombre, se sentaba en una silla próxima a la mía, ateniéndose a una prudente segunda fila. No me volví ni le presté atención. La contralto era bonita y apetitosa aunque no tenía las agilidades de una Malibrán (14). Pero tras el aplauso que siguió, inexorable, al aria de don Basilio (en que "un venticello" se volvía, atormentado, "une brise légère"), el recién llegado posó una nudosa mano sobre mi rodilla y susurró en voz más timbrada de lo conveniente: "¿También a usted le gusta la ópera, Alteza?" Alguien chistó en seguida. En medio de mi confusión, yo acababa, absorto, de encontrarme cara a cara con el viejo Goya, que sin darse por enterado de la creciente reprobación de los espectadores más cercanos, ni esperar mi respuesta, agregó frunciendo el ceño sobre sus pupilas astutas: "No hay nada más revelador que una nuca, o la relación entre la cabeza y los hombros, sobre todo para un pintor. Lo vi esta tarde en lo de Poc y supuse me estaba buscando." Hubiera seguido platicando quizás en su voz destemplada de sordo, si los chistidos no hubieran redoblado a nuestro derredor, el propio director de orquesta no nos hubiera dirigido una mirada fulminante antes de dar al aire su primer golpe de batuta después de la ovación, y yo mismo, incómodo como me había hecho sentir, no le hubiera impuesto silencio con un gesto tal vez demasiado imperioso.

Bebiendo champagne en lo alto de las escalinatas durante el intermedio, Goya me hizo admirar el teatro, su vasto vestíbulo, la justa proporción de los volúmenes, la riqueza del ornato y sobre todo la exquisita elegancia de la cúpula que coronaba, esbelta, la inmensa fábrica. "¿Recuerda, Alteza?" —me dijo repentino, mirándome con fijeza a los ojos, respirando pesadamente e inclinando su macizo tronco desde un escalón superior—. "Aquella noche ella enseñó el palacio y las galerías y los techos que yo iba a pintarle y aquella gran escalinata, como ésta, y si el tiempo se lo hubiera permitido también se hubiera construido una cúpula, porque nada la arredraba, ¿verdad?, y ella quería hacer de su palacio de Buenavista su monumento en vida... o su mausoleo... Pobrecilla." Y abruptamente, al borde del suspiro, lo contuvo, bajó la vista, se irguió, bebió hasta el fondo su resto de champagne, y en lo que me pareció un propósito de ocultar su emoción, me dio la espalda y fue a dejar la copa sobre la mesa distante.

No la había nombrado, pero había hablado de ella y de aquella noche, como si no hubiera posibilidad de error, de malentendido alguno, como si tácitamente, desde su saludo en el palco, no hubiéramos pensado los dos en otra cosa que en Cayetana, en su palacio y en la noche funesta. Y llegué a preguntarme si, sordo como era, frecuentaba la ópera por otra razón que por evocar otras escalinatas, otros frisos, otros mármoles y otros espejos.

De modo que en el último acto no logré prestar atención a las intrigas de Fígaro ni a los avatares sentimentales de Almaviva y su Rosina; al compás de las melodías de Monsieur Crescendo, danzaban en mi imaginación los invitados de la última fiesta de Cayetana (15).

Goya vivía ahora en la calle de la Croix Blanche, un rincón más ameno de Burdeos, con sus árboles que todavía se deshojaban, sus casitas aseadas y sin pretensiones, sus ventanas de pequeños cristales, sus jardines recoletos. Salió a abrirme una mujer todavía joven, más airosa que bella, de ojos muy oscuros y expresivos, y vestida y peinada con harto desaliño. "Bien venido, Alteza. Soy Leocadia" —dijo con desparpajo, y desviando de inmediato la vista, tendió la mano, pero evitando, al estrechar enérgicamente la mía, que yo llegara a besársela.

Nunca la había visto antes. Debía de ser apenas una adolescente cuando yo dejé España, y sólo sabía de ella que era prima de la nuera de Goya y que convivía con éste desde hacía muchos años, junto a algún hijo de su marido abandonado. Me impresionaron a un mismo tiempo su vitalidad y su timidez, y sobre todo la brusquedad que parecía ser el único puente posible entre ambas, su forma de hablar tan pronto seca, tan pronto gárrula, su costumbre de esconder los ojos, aprensivos, y de clavarlos abruptamente en uno, como si fuese un desafío, una prueba, casi un pulso. Era, visiblemente, una mujer que no había obtenido nada gratis en la vida (16).

Goya no tardó en aparecer, ataviado con el mismo uniforme de la víspera, que a la luz matinal se veía menos pulcro. "Anda, tráenos un café, Leocadia" —ordenó a la mujer—. "Nosotros tenemos que conversar", agregó con un movimiento de cabeza que me involucraba. Ese modo tajante, musulmán, de excluir a la mujer del trato de los hombres, aun en el ámbito doméstico, me retrotrajo a muchos años atrás. Fuera de España, había empezado a olvidarlo.

El Maestro me condujo a una pequeña habitación azul, acristalada, que daba sobre el jardín, y que parecía ser, con sus cómodos sillones de mimbre, sus pajareras, sus libros y periódicos, y una mesa cubierta por un mantel de flores de un pálido amarillo, un modesto rincón en que disfrutar del sol de la mañana y quizá refugiarse del "raffut" y el "bavardage" de Leocadia.

Ella trajo el café, hizo algún comentario que no pretendía más respuesta que la que obtuvo —mi sonrisa y un gruñido del viejo— y volvió a dejarnos solos. Después de su alusión a la Duquesa en el vestíbulo del Grand Théâtre no habíamos vuelto a hablar de Cayetana y ahora parecía dirimirse secretamente cuál de los dos iba a romper el fuego; sin duda no pensábamos en otra cosa mientras intercambiábamos cortésmente superflua información sobre nuestros respectivos destierros en Roma y en Burdeos. La conversación no era fácil; nunca lo había sido con Goya desde que progresiva pero aceleradamente había ido perdiendo su oído treinta años antes; y ahora aún lo era menos porque estaba definitivamente sordo y yo no tenía práctica alguna en el empeño de hacerse uno entender por el movimiento de los labios o por algún código establecido de gestos.

Felizmente, frente a mí, en el muro, había un simpático dibujo, en que un niño jugaba con un perrillo de aguas, y pude ponerme a mirarlo con atención, no porque realmente me interesara, sino por dar un respiro a la plática. "¿Es delicioso ese dibujo, verdad?", preguntó Goya. Y a mi silencioso asentimiento, agregó con alegría: "Pues no es mío. ¿Sabe usted quién lo ha hecho? Venga." Y me llamó a la ventana, obligándome a ponerme de pie, y señaló hacia el jardín. Allí jugaban con un aro cuatro o cinco niños, cuyas risas y exclamaciones nos llegaban, mitigadas, a través de los vidrios. "La vestida de azul —añadió Goya— es nuestra Rosarito. Hizo ese dibujo hace dos años y ahora apenas tiene diez. No he conocido un don natural tan extraordinario. Madame Vigée-Lebrun tendrá poca suerte en la disputa del título de primera gran pintora de la Historia."

Parecía rebosante de orgullo. Por ese orgullo, por el talento de la niña deduje que era hija suya. Nunca lo supe a ciencia cierta. Sí sé que, con el paso de los años, no ha llegado a convertirse en lo que soñaba Goya, aunque, esto me lo ha escrito Pepita desde Madrid, ha enseñado dibujo a la propia Reina de España (17).

Con el pretexto de enseñarme otras muestras del ingenio de la pequeña, me llevó a su estudio, que quedaba en el lado opuesto de la casa. No oculté mi sorpresa. El sol, que bañaba la habitación que acabábamos de dejar, no tocaba esta otra, orientada al norte. "No hay luz más engañosa para pintar que la luz natural" —explicó el viejo—. "Me gusta pintar de noche. O con los postigos cerrados."

La prueba estaba a la vista. El estudio estaba lleno de velas, palmatorias, cabos de velas de todas las alturas, restos de sebo sobre la madera de las mesas y en las baldosas del piso, candelabros de toda forma y tamaño, y hasta vi, depositado en un estante, el celebrado y mugriento sombrero, con su borde erizado de delgadas bujías a medio consumir y sus chorretes de cera y sus chamusquinas en la alta copa descolorida (18).

Contemplamos los dibujos de Rosarito y también unas preciosas miniaturas sobre marfil en que estaba entonces experimentando Goya con el entusiasmo de un jovenzuelo que se ejercita en un nuevo oficio capaz de abrirle quién sabe qué horizontes; y unos grabados de toros, realizados en una técnica llamada litografía, que, aunque mentira parecía, era aún un nuevo aprendizaje para este anciano insaciable. No en balde había insistido en su carta de hace un año: "Aún aprendo..." (19).

Le manifesté luego mi sorpresa por no ver en los caballetes ninguna pintura grande, ningún retrato en elaboración, como solía haber siempre en su estudio de Madrid. "No es la primera vez que paso un tiempo largo sin pintar ningún retrato —dijo súbitamente sombrío—. Durante la guerra, por ejemplo, estuve dos años sin hacerlo. ¿Cómo podía pintar a un caballero en su despacho o a una dama en su salón, mientras el pueblo se mataba en las calles o en los caminos?" Y tras un silencio, agregó: "Y después que ella murió, tampoco. Estuve un año entero sin pintar absolutamente nada." Levantó los ojos hacia mí, con una complicidad que yo no comprendí: "Esto es, excepto dos retratos... Sólo dos retratos por motivos que tenían que ver con su muerte..." Se alejó, se puso a limpiar distraídamente un pincel, y al fin dijo: "De todo eso tenemos que hablar esta tarde, don Manuel."

Esta vez no se había dirigido a mí como Alteza. El tono se había hecho más personal, casi indiscreto. De repente estaba ahí, corpórea, inminente, la promesa o la amenaza de su carta. Y la tentación que me había traído desde Lyon, que me había hecho atravesar la Francia entera. Me sobrecogí, como un adolescente que al fin se encuentre ante la mujerzuela que se ha procurado con afán y desearía entonces hallarse lejos, junto a sus padres. Lo enfrenté y articulé con singular cuidado mis palabras.

"Hubo una investigación policial entonces, don Fancho, que yo personalmente ordené y vigilé. Las conclusiones fueron terminantes. No hubo una mano criminal en la muerte de la Duquesa. No hubo veneno." Me comprendió. Por su rostro pasó una sombra triste, un atisbo de ironía y decepción. "Usted y yo sabemos que la investigación no se hizo a fondo. Por lo pronto no le hicieron autopsia. Yo sé que hubo veneno. Me consta. Lo sabía de antemano. Y tuve las pruebas." Todo él se había oscurecido, como si en efecto se hubieran echado los postigos de la habitación. Hasta la voz se hizo sombría y cálida, con una vibración en las profundidades que produjera ondas perceptibles en el sonido final. "Y usted está escribiendo sus Memorias. Es necesario que sepa la verdad."

Volví a enfrentarlo, a silabear cuidadosamente mi discurso. Hubiera sido insensato entrar en una controversia con él. "No he empezado a escribirlas. Es sólo un falso rumor. Quizá no lo haga nunca." Optó por no oírme. "Yo no puedo escribir. Tampoco puedo pintar lo que ocurrió aquel día en una serie de escenas, como esas vidas de santos que pintaron el Carpaccio o Zurbarán. Pero puedo contárselo a usted, casi minuto a minuto, y en tal forma disipar..." Lo interrumpí. Le hablé con mayor energía, alzando la voz, pero sin preocuparme de su sordera. Le dije que mis Memorias, si algún día las escribía, sólo abordarían los aspectos políticos de mi gobierno y del reinado de Carlos IV. Por primera vez me respondió como si me hubiera oído. "Pues con más razón, don Manuel. Los rumores que circularon en torno a su posible asesinato, ¿no señalaban acaso hacia lo más alto? Digámoslo. Han pasado más de veinte años. Las dos han muerto. Acusaban a la Reina. No me diga que todo eso no tuvo que ver con la política."

Estaba arrepentido de estar allí, como si por torpeza o candidez me hubiera metido en una trampa. No iba a ser posible hablar normalmente con Goya. Oiría lo que quisiera oír. La sola perspectiva de argüir con él me desalentaba. La sola mención de doña María Luisa me sonaba a sacrílega. ¿Qué hacer? Entonces irrumpió, con su acostumbrada brusquedad, Leocadia. "Fancho, está pronta la comida. ¿Qué tal estamos de apetito, Alteza?"

Durante la comida, Goya no supo ocultar su impaciencia. Se ajenó del todo de la conversación, aun al precio de ser descortés, comió apenas y bebió más vino del que Leocadia, a estar a sus desabridas observaciones, juzgaba prudente. Tampoco hablar con Leocadia era muy cómodo. Insistía en llamarme, cada vez, Su Alteza, pero eso iba acompañado por una familiaridad y una petulancia del tono que desmentían aquel aparente respeto, de modo que por la contigüidad del título, la franqueza perdía frescura y se acercaba a una grosera parodia de tal, y por la contigüidad del tonillo confianzudo, el título mismo se ridiculizaba y se vaciaba de sentido. Fue un respiro ver a Goya ponerse inopinadamente de pie y oírlo decir: "Ahora don Manuel y yo queremos quedarnos solos. Ya has hablado bastante, Leocadia. Tráenos más café al estudio. Y una botella de brandy."

Leocadia me había salvado de Goya y Goya me salvaba de Leocadia; pero ahora no hubiera tenido más escape que marcharme. ¿Y no había venido por cierto a escuchar lo que Goya se preparaba a contarme, mientras encendía velas aquí y allí, y luego, haciendo tiempo para la última interrupción de Leocadia, disponía dos sillones frente a frente y echaba los postigos? Todavía esperó que Leocadia cerrara la puerta, cosa que ella hizo no sin cierta violencia, y advertí que la vibración del portazo le llegaba, sino su ruido: esperó aún que yo me bebiera el café mientras él apuraba una primera copa de brandy tras haber llenado con demasiada rapidez la mía, hasta desbordarla, como si lo consumiera una ansiedad que le hacía temblar un pulso que a estar por sus miniaturas debía gozar todavía de perfecta firmeza.

NOTAS

(1) En ninguna biografía de Godoy, ni por supuesto en sus Memorias, aparece alusión alguna a este viaje, a esta "ilusión": ¿un retorno a España? ¿un plan de golpe de Estado?

(2) Obsérvese como Godoy oscila inconscientemente entre la formalidad hipócrita y la llaneza confidencial llamando a las mismas personas en un mismo párrafo "la Condesa de Castillofiel y sus hijos" y "Pepita y los míos". Ese movimiento pendular entre las apariencias a guardar y la confesión sincera es característica de esta Memoria Breve.

(3) Es probable que Godoy exagerara sin proponérselo la preocupación que sus movimientos podían causar, ya en 1825, a la cancillería papal y sus servicios secretos. Otra ilusión, simplemente.

(4) La tradición gastronómica de Lyon es antiquísima.

(5) También y por supuesto con mayor extensión e insistencia, se empeña Godoy en sus Memorias

en hacer "bella figura" en lo tocante a su programa político-cultural de fines del siglo XVIII y principios del XIX, pero de todos modos hay que reconocer que sus gobiernos fueron moderadamente ilustrados, incorporaron en la medida de lo posible a las figuras más destacadas del pensamiento y de las ciencias, e hicieron por éstas mucho de positivo y ciertamente no las persiguieron como luego, con saña inquisitorial, lo hiciera Fernando VII.

(6) Goya, ya hemos visto, recurría a hablar de Plombières y de su cura de aguas cada vez que llegaba el momento de pedir una prórroga de su licencia al Rey de España, pero en realidad no parece haber tenido nunca intención de acudir a tomarlas, como no sea por el testimonio vago de la "dama servicial".

(7) Esa chocolatería en que se reunía la "intelligentsia" española perteneció efectivamente a un exiliado llamado Braulio Poc.

(8) Fue imitado de hecho y sin falsos pudores por Garnier en la Ópera de París.

(9) Silvela realmente en Burdeos en 1825 y sólo tenía cuarenta y cuatro años.

(10) Las insensatas ilusiones de Godoy tienen que ver con todo lo contradictorias que fueron las ideologías españolas durante el reinado de Carlos IV, en que a veces los mismos ideales de ilustración y progreso eran compartidos por quienes batallaban en campos políticos opuestos, contradicciones que alcanzaron su máxima tensión entre

los afrancesados, durante la dominación napoleónica y la guerra de la Independencia. Pero el tema excede las pretensiones de estas notas.

(11) Moratín tenía sesenta y cuatro años en 1825, y en diciembre del mismo año, seis semanas después de que lo viera Godoy "decrépito" y "vencido", enfermó gravemente del mal que ya, con pocos períodos de alivio, lo llevaría a la muerte en 1828.

(12) Braulio Poc, como ya hemos dicho, paisano de Goya.

(13) La aguda observación de Godoy nos da tal vez una interpretación válida del retrato de Vicente López de 1826, en que aparece un Goya "aburguesado", bien distinto del de los autorretratos, diferencia que hasta ahora se había atribuido más a la óptica del propio López que a una transformación de su modelo, como propone Godoy.

(14) Es seguro que Godoy admiró el arte de la Malibrán mucho más tarde, ya viviendo en París, pero esta comparación retrospectiva, recordémoslo, la hace en 1848.

(15) También es el Godoy de 1848 el que puede hablar de Monsieur Crescendo, un malicioso mote que le endilgaron los franceses a Rossini, en una etapa asaz tardía de su carrera.

(16) Leocadia Weiss tenía quince o dieciséis años cuando la conoce Goya en 1805, en la boda de su hijo Javier con Gumersinda Goicoechea, prima de aquélla. Por lo tanto estaba ahora alrededor de los treinta y cinco años. Y su relación con

Goya, aunque no puede precisarse, se remonta más o menos a 1813, fecha de su definitiva separación de Weiss.

(17) No sólo Godoy; nadie ha podido determinar con relativa autoridad si Rosarito Weiss fue o no hija de Goya, aunque éste la trató y quiso como tal. Tampoco se equivoca Godoy en el oscuro destino de la artista ni en decir que fue maestra de la joven Isabel II.

(18) Se sabe que Goya usó un sombrero semejante al que describe Godoy cuando pintó los frescos de San Antonio de la Florida, y se lo imagina, más que saberlo realmente, así equipado mientras pintaba las pinturas negras en la Quinta del Sordo. Él mismo, muchos años antes, en uno de sus muchos autorretratos, se inmortaliza así.

(19) La crítica goyesca coincide con las aseveraciones de Godoy. En 1825 Goya se habría dedicado por entero, salvo una parte de la primavera en que volvió a enfermar (tal como en 1793 y en 1819) a pintar sus miniaturas y sus toros llamados luego "de Burdeos".

Relato de Goya

ADVERTENCIA

No me será fácil contar mi entrevista de aquella tarde, y describir adecuadamente aquellas horas con Goya, en que él, de hecho, monologó, dándome muy pocas oportunidades de intervenir o renunciando yo espontáneamente a hacerlo por no turbar el caudaloso fluir de sus recuerdos con ímprobas réplicas entre un hombre sordo y otro incapaz de hacerse entender por él. Entre las varias maneras de encarar esa ardua transcripción, al fin he optado por intentar reproducir el soliloquio de Goya, su fluencia, su desorden, su emoción, sin pretender imitar la llaneza ni lo pintoresco ni aun lo incorrecto de su habla. Me impulsó a ello el haberlo hecho con éxito, en ocasión de más de un enfrentamiento verbal, en mis Memorias (verbigracia, relatando mi acalorada discusión con el Príncipe de Asturias en 1805, a propósito de un dato según él deliberadamente erróneo que yo diérale sobre el movimiento de las escuadras de Nelson), y especialmente los elogios que con ese motivo recibí de tan insigne poeta dramático como Martínez de la Rosa; aquellos pasajes, según él, me acreditaban un natural talento para el diálogo teatral, por lo menos en prosa. De modo que aun descontando que sólo en parte llevaré a buen puerto mi intento, y que el registro de mi memoria está inevitablemente sujeto a errores y alteraciones, incluso graves y siempre involuntarias, aquí va el fruto de esa ambiciosa empresa. De mi papel de aquella tarde, de pasivo oyente y receptor de la extensa confidencia, sólo apuntaré, a modo de paréntesis, las impresiones más notables que recibí en su transcurso. A partir de este momento, y excluidos los paréntesis, habla pues Goya.

M. G.

I

¿POR DÓNDE EMPIEZO, DON MANUEL? No quiero remontarme al pasado. Correría el peligro de empantanarme en él y no llegaría a contarle lo que me propongo. Si a usted le interesa... ¿Le interesa, verdad? Ese silencio, supongo, equivale a un sí. El pasado... Podría llegar muy lejos. A la primera vez que la vi, en la Alameda de Osuna, en el centro de una tertulia de jóvenes que organizaban no sé qué caridades... Ella jugaba, como siempre. Entonces era todavía muy joven. Tenía la baraja en la mano y le echaba las cartas a una amiga, como una gitana... ¿Conoce usted esos pequeños cuadros del holandés Rembrandt en que una luz que viene nadie sabe de dónde se concentra en un personaje, inundando de sombras el resto? Así pasaba con ella. Ella bailaba, o reía, o echaba las cartas, o jugaba con su perrillo de lanas, y todo se oscurecía alrededor. La luz se iba hacia ella y allí quedaba vibrando. Podría recordarla una mañana cualquiera en Sanlúcar de Barrameda, aquel verano de 1796, chapoteando en la alberca con la chiquilla negra que había ahijado, riendo las dos niñas, la negra y la blanca, igualadas en edad y en rango por el regocijo del desnudo y del agua fresca... Pero, ya le digo, no quiero perderme en el pasado. Entre aquella tarde en la Alameda y aquella mañana en Sanlúcar y ese triste mes de julio de 1802, yo la había conocido, la había frecuentado, la había pintado... (1). ¿De qué sirve darle vueltas a las cosas? Si no empiezo por ahí, me parece que no puedo meterle diente a la historia. Usted es un hombre de mundo. Usted lo supo, don Manuel. Yo la había amado. Todo gira alrededor de eso, como en la gallina ciega. ¿No pintamos ciego al amor?

Los años habían pasado. Las aguas se habían calmado. Quiero decir: yo me había resignado. A no haber sido más que un breve capricho en su vida. ¡Yo!... que había querido ser el único, y había llegado a cometer la imprudencia... ¿o sería más propio decir la inocencia? de poner mi nombre junto al suyo en dos sortijas gemelas, en un retrato del que luego no sabía desprenderme... Y como si fuera poco, usted debe haberlo visto, todavía aquella firma a sus pies, en la arena, "sólo Goya", ¡sólo yo, Dios mío, el único, qué incauto, qué pretensión la mía...! Y qué golpe cuando me caí de esa nube. Pero durante años y años guardé el retrato. ¿Qué quiere usted? Lo miraba y la ilusión todavía permanecía viva, como si cobrara cuerpo, en esos anillos y esa firma en la arena. Y ella, pobrecilla, ya no sería más que eso... polvo... arena... (2).

Los años habían pasado. Vayamos a julio de 1802. Ya no éramos más que buenos amigos. No quedaba ni sombra, no digo ya del amor, ni siquiera de las recriminaciones o del rencor. Ella nunca había entendido muy bien —tampoco yo hice por explicárselo— si había habido mala intención de mi parte al representarla tan a menudo y tan equívocamente en mis "Caprichos"; muchas veces había puesto yo no poco de ironía, y hasta, sí, lo reconozco, una pizca de resentimiento... Eso quizás había empezado a distanciarla. Y yo no hubiera podido echárselo en cara. Nos veíamos menos. Su vida había empezado a cambiar. No se la encontraba, como antes, en los teatros, en los toros, en las verbenas. Corrían rumores de que ahora le apasionaba la política y que frecuentaba el cuarto del Príncipe de Asturias. ¿Formaba parte de ese bando que se oponía a usted y a la Reina, no es así, don Manuel? Nunca había hablado yo con ella de los asuntos de gobierno, ni nunca me había parecido ella interesarse por ellos. Pero, todos lo decían, estaba cambiando.

Un día me enteré de que quería construirse una nueva morada, otro palacio, abandonar aquel bello y querido palacete de la Moncloa en que yo, años atrás, la había pintado. Y levantarse una enorme fábrica en la huerta de Juan Hernández, sustrayendo sus amenidades al esparcimiento del pueblo (3). Era algo extraño en ella. Extraño que no le importara ofender así a los madrileños por dar rienda suelta a una ambición puramente personal. ¡Era tan generosa, tan sencilla, tan indiferente a las tentaciones de la grandeza! Pero lo hizo. Como un desafío. Como si dijera al pueblo: puesto que me queréis, demostradlo, soportad mi capricho.

Un día me llamó a su nueva casa. Ya estaba el huerto amurallado, con rejas que impedían el paso del público, y todavía protestaba éste a voces desde el Paseo, por la odiosa usurpación. Dentro del palacio sin terminar, entre un ejército de arquitectos y artesanos y jornaleros, ella parecía un general en jefe aprestándose para una batalla perdida, pálida, excitable, consumida de ansia, no sé si me entiende usted, como si le fuera en ello la vida. La poca vida que le quedaba... Esa tarde me enseñó salones y galerías, me señaló muros y techos, y la inmensa escalinata que recordábamos ayer en el teatro, y me dijo: "Fancho, todo esto debes pintarme, murales y paneles y techos y frisos y sobrepuertas, ¡que mi palacio ha de ser el más espléndido de toda Europa, más que el de la Emperatriz Catalina en San Petersburgo, y tú conquistarás la inmortalidad por haberlo pintado!" Le brillaban los ojos, se le enronquecía la voz, extendía los brazos como una sibila, era toda fuego en aquellos días, pero no con el ardor de la juventud; era una excitación tirante excesiva, estridente —déjeme usar un símil de pintor—, un color metálico, que me llenaba de aprensión, porque no era suyo... Uno se resiste a admitir los cambios en las personas que ama, ¿no es así? Ella había cambiado y no había sido para mejor.

Fue a partir de esa entrevista que empecé a frecuentar el palacio, para estudiar lo que en él pintaría, y terminé, de acuerdo con ella, por instalar en uno de los salones vacíos un pequeño taller. Llevé bastidores y pinturas, llevé mesas y caballetes; el tesorero, don Antonio, me proporcionó todas las velas que quisiera. Emprendí la tarea. Pintaba pequeños bocetos al temple según los temas en que nos íbamos poniendo de acuerdo; en aquello también me llevé una sorpresa. Creyendo agradarla, empecé por proponerle escenas populares, tipos y accidentes de ese Madrid de los cómicos, los toreros y los majos, en que a ella tanto le había gustado mezclarse, pero también en eso había cambiado, y al fin, a mi pesar, convinimos en episodios y héroes de la Mitología, y trocamos majas y floristas por náyades y ninfas. Yo, siempre buscando complacerla, empecé a idear una inmensa y variada alegoría en que un personaje femenino —ella, claro, aunque yo me reservaba la sorpresa final de darle su rostro— aparecía indistintamente como musa o ninfa o diosa, hasta su definitiva glorificación en el techo del gran salón de los espejos, flanqueada por los cuatro ejércitos del Arte, del Pensamiento, de la Poesía y del Amor. Mi autorretrato, como de contrabando, estaría en uno de los ángulos. Y todo el movimiento y el ritmo de la composición haría que la mirada de la diosa recayera en él. Era un premio secreto que yo, una vez más, quería cobrar a la inmortalidad (4).

Todo esto no eran más que proyectos, una docena de bocetos todavía confusos y desmañados, en el momento en que ella me anunció, a la entrada del verano, que cerraba el palacio, suspendía los trabajos, y se marchaba a Andalucía, pese a las advertencias de que había allí epidemias, y que era aconsejable no exponerse a ellas en plenos calores (5). Como le dije ayer, don Manuel, cuando algo se le metía entre ceja y ceja, nada la amedrentaba. Y así se marchó, diciéndome: "Fancho, durante mi ausencia no pintes, sueña. No me gustan todavía tus bocetos. Se ve a la legua que son obra de encargo y yo quiero que te salgan del alma, que los pintes a pesar mío, que entonces aparece el genio en tu pintura, como en la cúpula de San Antonio." ¿Qué podía hacer yo? Siempre tuve escasa inclinación a la Mitología, si no era la de mi propia invención. ¿Acaso ella hubiera tolerado mis brujas y mis monstruos en el techo del gran salón? (6).

(Mientras habla, Goya trata de mantenerse calmo y aplomado, pero no consigue quedarse quieto en su sillón, se levanta con cualquier pretexto, para encender alguna vela más o recoger la copa que acaba de olvidar en un estante o rellenar la mía, y vuelve a sentarse, a veces en el escabel que tiene frente al caballete; y suda bajo su chaqueta de paño, súdanle las patillas hirsutas y se le empapa la camisa color crema.)

En la tarde del 22, yo estaba trabajando en aquel desnudo de mujer que usted me había encargado, don Manuel, ¿se acuerda? Nunca supe si hablaba usted en serio o en broma cuando decía que mi cuadro iba a presidir su gabinete galante. ¿Es que realmente lo tenía usted? Se sonríe. Dejémoslo (7). Yo trabajaba en el desnudo, o mejor dicho en inventarle una cara a la dama, que todavía no la tenía, y lo hacía sobre unos apuntes de una mocita cualquiera que encontré en mis carpetas, y si usted tuviera buena memoria recordaría que, cuando llegó allí de improviso, yo tenía los postigos echados, como están ahora, y en la cabeza ese sombrero que ve usted, con las velas en el ala, sólo que encendidas. Bueno, tal vez no era el mismo sombrero, que ni el mejor fieltro aguanta el sebo tantos años, no más que nosotros sin quebrarnos los lagrimones de desengaño que nos va echando la vida, y valga la comparación. Usted se presentó, pues, a apremiarme con el desnudo o vigilar su marcha. Discutimos la cara, que a usted le pareció iba quedando demasiado insulsa, y yo que no, que así había de ser, que toda la vida del cuadro debía estar en el tono del cuerpo, y el rostro cuanto más nuetro mejor, y usted pensaba o así me lo daba a entender, que con lo anodino de las facciones yo lo que hacía era borrar la identidad del cuerpo desnudo, porque los dos sabíamos muy bien a quién pertenecía. Eso no había necesidad de hablarlo, ¿verdad, don Manuel? (8).

(¿Qué está diciendo Goya? ¿Que yo conocía ese cuerpo o simplemente que había adivinado la identidad de su dueña? No lo sé. Pero tampoco lo averiguo. Me hago el desentendido.)

El cuadro, desde luego, era una osadía. Los dos nos preocupábamos por guardar el secreto, yo al pintarlo en la soledad de mi estudio en lo más duro del verano, cuando en Madrid la gente sólo se visita de noche, usted al quererlo para esa especie de santuario en el que entrarían, imagino, sólo personas de su mayor intimidad. Pero las ocurrencias de la Historia y de la política revolvieron España como un pordiosero un cubo de desechos y alguien terminó pescando nuestra mujer desnuda, que ahora llaman la maja, ¿sabe usted? Y no la pescaron para admirarla sino para hacer de ella el chivo expiatorio de la famosa corrupción de los tiempos, y de la suya propia, don Manuel, sobre todo de la suya. ¡Qué risa! ¿Lo sabía usted? ¿No lo sabía? Fue allá por 1814, cuando ya ocupaba el trono don Fernando y acababa de restablecerse el Santo Oficio, en pleno proceso contra usted. Husmeando y husmeando, sacaron a relucir las dos majas, la desnuda y la vestida, y se volvieron también contra mí por haber pintado para usted esas que ellos llamaban: obscenidades. Junto a Velázquez, junto al Tiziano, junto al Correggio, fíjese usted que buena compañía. Aquellos buenos inquisidores reclamaron todas esas pinturas al Depositario General de Secuestros, que era quien las tenía en su poder, ¡y se dedicaron a su contemplación, bueno, a su examen, hasta concluir que constituían delito! Unos meses después, por mayo del año siguiente, me parece, me citaron ante el Santo Tribunal —que si hubieran podido hubieran convocado también a Velázquez, a Tiziano, a Correggio, menuda fiesta hubiera sido— para que las reconociera y declarara si eran obra mía, en qué ocasión las había hecho, por encargo de quién y con qué propósito y finalidad. Creo que le estoy repitiendo las palabras exactas de la citación, don Manuel. ¡Figúrese, presentarme ante aquellos santos varones y decir que el Príncipe de la Paz me las había encomendado para su gabinete galante! Pues bien, me defendí como pude, como gato entre los leños, y las cosas pintaban bastante feas, cuando, de repente, empezó a rumorearse que la dama del desnudo no era una modelo cualquiera, sino una dama de la nobleza. Se inventaron muchas mentiras, pero, curiosamente, también se decía la verdad, y el nombre de ella empezó a circular de boca en boca, y al fin uno de aquellos canónigos que me interrogaban, tras muchos circunloquios, llegó a nombrarla... No me dieron tiempo ni a reaccionar. Fue como un aleteo de alas negras, como si un ejército de murciélagos hubiera invadido la sala de Audiencia. El Tribunal Inquisidor levantó la sesión. Una semana después se había echado tierra al asunto, la investigación se dio por cerrada, y a mí no volvieron a fastidiarme desde entonces. Alguien había intervenido, sin duda, y alguien de gran predicamento, porque usted sabe bien que ni el propio Rey... (9). Pero me voy por las ramas. Sepa disculparme. ¡Han pasado tantas cosas en España en estos años de su ausencia, que no alcanzaría lo que nos queda de vida para comentarlas!

Discutíamos pues usted y yo sobre la nueva cara de la mujer, cuando Pedrín, aquel chico picado de viruelas que me hacía los mandados, apareció para anunciar que acababa de detenerse a mi puerta, junto al coche de Su Alteza, el de la señora Duquesa de Alba, Recuerdo bien que la primera reacción, suya y mía, fue la de apresurarnos a retirar el caballete con el cuadro y a cubrir éste con un lienzo. Y yo, se lo confieso ahora, preguntándome al mismo tiempo según mi natural receloso, si usted y ella habían convenido de antemano encontrarse en mi estudio. Pero, si era así, ¿qué razones lo habían movido a usted para que ella viera el cuadro? Y en ese caso, ¿por qué parecía ahora tan interesado como yo en ocultarlo...? Desatinos.

Y no tuve mucho tiempo para entretenerme en ellos. Ella tenía el paso vivo y era impaciente por encima de todo, y apenas había caído el lienzo sobre el desnudo, estaba allí, frente a ambos. "Es un golpe de suerte encontrarte en el estudio de Fancho" —dijo dirigiéndose primero a usted—. "Me aseguraron que estabas en La Granja y te había borrado de mi lista de invitados." A ella la oía, siempre. En parte por aquella voz cantarina que redondeaba cada vocal como una perla, en parte porque había aprendido, años atrás, a articular para mí, y parecía complacerse marcando el movimiento de los labios en forma tan enérgica y móvil —y por si fuera poco, tan seductora— que se diría que hablaba el francés. "A eso vengo, Fancho" —agregó—. "A invitarte a una fiesta que doy esta noche en honor de mi prima Manuelita, la pequeña, ¿te acuerdas? Pues se casa ya, con el Conde de Haro. Quiero celebrar su compromiso, y quiero además que la pintes. Vendrás, por descontado. ¿Y vendrás tú, Manuel?" Se volvió hacia usted, y cruzaron unas cuantas réplicas que no entendí, y volví a preguntarme si no se habrían citado y no sería todo una engañifa para un crédulo.

(No lo había sido. Le insinúo que tal vez leyó también entonces en los labios de Cayetana las palabras que me dirigió en seguida, y que hoy prefiere discretamente ignorar. Con desenfado ella había dicho: "¿Y vendrás tú, Manuel? Por supuesto que sí, no acepto ninguna excusa. Esta noche a las diez, en mi nuevo palacio, se entra por la calle de la Emperatriz. Puedes venir con cualquiera de tus mujeres..." Goya se ruboriza, carraspea, ni niega ni admite que sí oyó a la atrevida. Y sigue empecinado su historia.)

Ella entró hasta el centro de la habitación, se arrojó informalmente sobre el diván en aquella actitud tan suya, las manos enlazadas tras la cabeza, que yo había reproducido en su desnudo, y todo eso sin quitarse la mantilla que desde la alta peineta la sombreaba la cara. Quedaba una zona de penumbra; allí relumbraban, como dos carbones encendidos, los ojos. Nos contó que había decidido en un rapto abandonar Andalucía porque se aburría. La epidemia era realmente un azote. Sus amigos, asustados, habían resuelto no holgar allí este verano. El pueblo estaba lúgubre y aterrorizado, nadie sin algún familiar agonizando. Al fin habían terminado por impresionarla y hartarla con tantas advertencias y presagios, y se había venido para Madrid. A mí me resultó en aquel momento un modo bastante desaprensivo y frívolo de hablar de aquella calamidad, ¿no? Pues en justicia a su memoria debo decirle, don Manuel —después lo supe— que no había dejado Andalucía sin desvivirse por sus vasallos afectados por la fiebre. Se había arriesgado visitándolos y velándolos. Les había dejado una suma cuantiosa para medicamentos y vacunas. Sólo que a ella, con su temperamento, la enfermedad y la muerte la impacientaban más que nada... o quizás en el fondo fue una premonición... "Si has terminado, Manuel, déjanos" —dijo al fin incorporándose—. "Tengo algo privado que concertar con Fancho y aún debo ocuparme de las flores y echar una ojeada a todos los preparativos de la noche." Usted se marchó al instante. ¿Qué tenía de único aquella mujer que obedecerla era tan irresistible como mandar a las demás?

No bien usted se hubo ido, mientras yo me preguntaba qué se traería conmigo, saltó en pie y empezó a dar zancadas a un lado y otro del estudio, con aquel paso tan suyo, largo, vivo y ondulante, que los años estaban volviendo más angular, más eléctrico. Antes de que yo pudiera evitarlo encontró el cuadro con el lienzo echado, y espió, lo descubrió, quedando frente a frente con su propio desnudo. Las palabras se le ahogaron en la boca. "Pero ésta..." empezó a decir. Me daba la espalda y yo esperaba me regañase, pero así estuvo, quieta, mirando el cuadro, hasta que se volvió, con los ojos más brillantes en la sombra de la mantilla. "¿Qué pasa, Fancho?" —dijo—. "¿Te has olvidado de mi cara?" Y como desalentada se dirigió a mi taburete, se dejó caer sentada, se arrancó la mantilla y expuso bruscamente la cara a la luz, rígida, como ofreciéndola. "Pues aviado estás, porque a eso he venido, a que la pintes." Yo miraba sin comprender aquel rostro que los años, demasiado de prisa, habían estragado y dije al fin cohibido: "¿Otro retrato?" Ella rió, acre. "Tonto" —explicó—, "lo que quiero es que me compongas la cara directamente, con tus pinturas. Ya con los afeites no consigo mejorar en nada esta desolación y esta noche doy una fiesta y no quiero que me eclipsen los quince años de Manuelita ni el bicho de la de Osuna" (10). Ahora quedaba claro, tristemente claro, lo que me pedía, y pese a mis protestas continuó rogándome, hasta que no tuve otro remedio que acceder, y ella, secándose alguna lágrima —no era raro que le subieran repentinamente a los ojos, como a pesar suyo, flujos de un corazón que se desbordaba, ¿recuerda usted?— concluyó: "Si has podido acordarte tan bien de mi cuerpo" —y señaló el desnudo— "no te dará mucho trabajo devolverme mi rostro de entonces". Yo volví a protestar, vencido ya, dije alguna galantería que me temo sonaría a hueco, porque la verdad es que desde hacía tres o cuatro años ella había ido perdiendo notablemente su maravillosa lozanía. La piel se había vuelto macilenta, sin la color y la frescura de antes, los ojos demasiado febriles y hasta un tanto desorbitados, hasta sus bellísimos cabellos parecían ralearse y perder la vida. Como si algo la consumiera por dentro, un mal...

(Goya no exageraba. Dos años antes, por lo menos, recuerdo que Cornel era ministro en aquel momento y Cayetana había ido con él a cenar con los Reyes, doña María Luisa me la había descrito como "una piltrafa". Yo había pensado que era un juicio ofuscado por los celos, pero a los pocos días la encontré, después de mucho tiempo, en un sarao en la Alameda de los Benavente-Osuna, y realmente me alarmó la precoz decadencia de aquella bellísima criatura) (11).

Un mal, don Manuel... Y yo creía saber cuál era, aunque no osaba hablar de eso con ella; no tenía pruebas, no podía mencionarlo. En los años más intensos de nuestra amistad, allá por 1796, en la temporada que pasamos juntos en Sanlúcar, una noche ella volvió muy excitada de no sé qué fiesta en que había estado, y me dijo que había descubierto una medicina prodigiosa. Alguien la había traído de América en su estado natural: hojas de un arbusto que mascan los indios del Altiplano de los Andes. Habrá oído usted hablar de eso, yo también había oído en la Corte, y de sus extraordinarios efectos. Y ese alguien la había sometido a un proceso de maceración o destilación o síntesis... una cosa de alquimia, créame, de brujería... hasta obtener un polvillo fino que bastaba aspirar por la nariz para que empezara a obrar sobre nuestra naturaleza (12). Abrió una preciosa cajita de rapé llena de ese polvillo que acababan de regalarle y de hacerle gustar por vez primera. La verdad: lo probamos los dos aquella noche... y muchas otras noches de aquella temporada, y yo llegué a entusiasmarme porque por un momento pensé que los efectos del polvillo obraban de tal manera sobre los sentidos y sobre el cerebro que así como parecían redoblar otras percepciones, redoblarían mi captación del color y de las formas, reales o imaginarias, y yo llegaría por fin a ser el pintor que siempre había soñado, ¡capaz de pintar algo que está más allá de la superficie de la realidad, el mundo de nuestros fantasmas y de nuestros sueños! Pero el precio era demasiado alto. Lo comprendí a tiempo. ¿Recuerda usted un "capricho" que intitulé "Volavérunt"? La maja lleva muy ufana una gran mariposa en la frente que parece arrastrarla en el vuelo hacia alguna región de delicias e ignora los monstruos que se agolpan y acechan a sus pies. Pero los monstruos terminarán por triunfar, ¿me comprende usted? Y la mariposa no es más que un espejismo. Esos terribles polvillos nos llenan la cabeza de maravillosas mariposas multicolores, pero al fin nos sumen en el horror gris de los demonios. Ésa es la idea del "Volavérunt". Ya le digo, lo comprendí a tiempo. Uno se habitúa, empieza a necesitar la medicina con más y más frecuencia y termina por convertirse en su esclavo. La hice partícipe de mis temores. Se reía. Lo atribuía a mi espíritu receloso de campesino, a la estrechez mental de mi edad. Pronto nuestra relación desembocó en una ruptura —no, no quiero decir que el famoso polvillo tuviera influencia alguna en eso— y yo me volví a Madrid, derrotado y amargado, y ella se quedó en Sanlúcar, rodeada de una pequeña corte de toreros a los que, si mis sospechas no andaban erradas, había iniciado en los mismos hábitos. Y así como el amor o los celos se convirtieron en adelante en un tema prohibido entre los dos, tampoco de eso —esto es, del polvillo—

volvimos nunca a hablar, como si de una manera subterránea e inconfesable estuvieran los asuntos mezclados. Y ahora, varios años después, la veía sentada en mi estudio, tan dócil, tan inerte, dispuesta a que yo la pintara como un lienzo, como una tabla, como un trozo de cobre, y no me atrevía a decirle: es ese maldito polvillo, estoy seguro, has seguido utilizándolo y te ha destruido, déjalo, aún estás a tiempo, déjalo y volverás a ser hermosa como ayer, y no tendrás que someterte a esta humillación, la de que yo te devuelva con mi artificio una luz y una color que fueron tuyas, sólo tuyas...

> (Goya va poniendo tanta pasión en su relato que a esta altura de la tarde, todo lo ocurrido en aquella otra tarde de julio de 1802 parece cada vez más próximo, y como mágico efecto de ello, Goya, se diría, va volviéndose más joven, recuperando una voz más llena y viril, un ardor en los pequeños ojos, una agilidad en los movimientos, hasta empezar a parecerse más al Goya de mis primeros recuerdos que al que he visto llegar, hace veinticuatro horas, a la chocolatería de Poc.)

Pero no le dije nada. Amontoné en una mesilla mis pinceles más pequeños y una amplia paleta de colores, y empecé mi obra, no usando sólo de mi artesanía sino de lo que había aprendido observando a mis amigas actrices y en especial a La Tirana y a Rita Luna modelarse delicada y astutamente el rostro con afeites antes de posar para mis retratos (13). Para un pintor no era difícil recordar aquellas técnicas: los ocres a la base, los carmines graduados en los pómulos y las sienes, los negros orillando el ojo, la esfumatura de ocres pálidos, verdes y morados en lo cóncavo de las cejas y en los párpados. Puede usted imaginar los encontrados sentimientos que yo experimentaba coloreando con mis dedos untados como una doncella o un peluquero aquel rostro que, devastado y todo, era el de ella, el de la mujer que había amado, que quizás aún entonces... Basta. No me haga caso. Soy incurable. A mis setenta y nueve años, sigo incurable. Pues bien, poco a poco fueron volviendo la lozanía de la complexión, el rubor juvenil, la suave gradación de la color, el mirar aterciopelado; todo artificio, pero intachable el efecto final. Di por terminado mi trabajo; ansiosa y dominante, exigió un espejo. Corrí a dárselo. Deseaba que se fuera cuanto antes. Aquello había sido demasiado para mí. No sé cuál de los dos se había humillado más. Empecé a guardar mis pinceles.

Dijo algo a propósito del cuello. No la estaba mirando y apenas oí lo que decía, y estaba demasiado contrariado para prestarle atención. Pero cuando guardé los pinceles y me volví hacia ella, la vi, el mentón y el espejo en alto, pintándose de blanco el cuello con los dedos que se deslizaban suave pero nerviosamente por debajo de la barbilla. Tardé un momento en darme cuenta de lo que ocurría y de repente salté hacia ella, gritando, le arrebaté el blanco de la mano y arrojándola sobre el diván empecé a fregarle el cuello con mi propia corbata, con desesperación. Tardó en darse cuenta de lo que ocurría —usted también, don Manuel, por los ojos que me pone, ¿eh?— pero le bastará con una palabra que al fin logré que ella me oyera en medio de sus gritos y protestas y pataleos: ¡Veneno!

Sí, veneno. El blanco de plata es veneno, un muy peligroso veneno, y yo me había cuidado muy bien de excluirlo, junto a otras pinturas igualmente nocivas, de los afeites con que iba a pintar algo tan delicado como el rostro de una mujer (14). Por fin nos calmamos; yo moderé mis reproches y ella sus quejas y burlas; conseguí quitarle con un diluyente apropiado todo el blanco, y aunque ahora se quejaba de escozor por lo menos había evitado la intoxicación.

"Es una pena —se lamentó—, me veré obligada esta noche a usar una gasa al cuello, que es el recurso de todas las viejas." Y se maravilló de que los materiales que usáramos los pintores pudieran ser en tal grado perniciosos; y hube de hablarle del violeta de cobalto y del amarillo de Nápoles y del verde Veronese... (15). "Es una trampa —comentó—. Tienen los nombres más deliciosos y poéticos y pueden resultar tan letales como el cianuro o el arsénico..." Volvió a ponerse de pie de un salto, y esta vez sí esperé que se fuera, pero me defraudó: volvió a pasearse por el estudio, a detenerse ante el desnudo haciendo, para ella misma, comentarios que yo no podía oír, y a fisgonear entre los lienzos, aquí y allá, arriba y abajo, hasta sacarme de las casillas, pero también hasta encontrar lo que buscaba: el último retrato que yo le había hecho, el de Sanlúcar, el que ella llamaba su "retrato en negro". Y no cejó hasta obligarme a apoyarlo, con sus buenos dos metros de alto, en el respaldo de un sillón. Allí estaba, como frente a un espejo, ella mirándose en la otra, las dos pintadas por mí, pero con la ironía de que la del cuadro ahora tenía una belleza y una juventud más auténtica y parecía decir: "Así eras." Y casi como un eco de mis pensamientos, oigo que ella dice en efecto: "Así era." Y corre hacia el desnudo y lo señala con un dedo acusador y añade: "Y así..." Y se vuelve despechada hacia mí, como si mis cuadros representaran una afrenta más grave que la memoria misma, y amenaza: "Un día vendré a que me pintes el cuerpo, Fancho, y te obligaré a que lo hagas todo con ese blanco de plata, como si pintaras un sudario, para morir ahí mismo..."

Pareció abatida —ella tenía ese temperamento bravío y ardiente que de pronto se abandonaba, como si adivinara que las cosas, la vida misma, y la lucha que implica, no valieran la pena— y volvió a contemplar su "retrato en negro", quieta, silenciosa, tal una niña aplicada estudiando ante su pizarra. No hizo, tampoco esa vez, ningún comentario sobre el "Goya" de la sortija ni el "Sólo Goya" de la arena que yo la obligué en el retrato a señalar con el dedo. Nunca lo hizo. Supongo que era su forma, la del silencio, de expresar su desacuerdo. Pero al mismo tiempo se abstenía de protestar. Lo que imagino no era otra cosa que el respeto de esa mujer sobremanera sensitiva y delicada hacia el amor que había despertado sin proponérselo. Luego vino hacia mí, me cogió de una mano y me obligó a sentarme junto a ella, en el diván. Sin soltar mi mano, dijo tristemente: "Gracias, Fancho, por haberme conservado joven y guapa para siempre, y con ganas de vivir, en mis retratos, en tus dibujos, en ese desnudo que querría que tuviera mi cara, para que todos supieran que yo fui así. Estos días no pienso más que en morirme o en desaparecer, en evitarme y evitar a los demás el espectáculo de la derrota. Tú que me has ayudado a vivir" —y señaló hacia donde estaban sus retratos— "bien podrías ayudarme a morir, dejarme un día revolver entre tus pinturas y... ¡No me interrumpas! ¡No me digas que no sería hermoso! ¿De qué murió la cuitada? ¡De amarillo de Nápoles! Es mejor que morir de simple fiebre amarilla, que es lo que se estila en estos tiempos." Rió, lloró, no sé, yo estaba muy sobrecogido; de repente se ahuyentó una lágrima al borde mismo de las pestañas. "No debo llorar" —dijo—. "Se iría al demonio tu denodada labor." Y cogió la mantilla y se fue, pero esta vez con infinita prudencia, como quien deja un niño durmiendo en una habitación. Lo que dejaba, acunada entre los dos, era la idea de su muerte.

(Goya se sirve otra copa de brandy. Esta vez se olvida de volver a llenar la mía. Se ha quitado la chaqueta y desanudado el corbatón. El cabello, húmedo de sudor, parece oscuro. A pesar de la terrible melancolía de su historia, el contarla lo rejuvenece; recupera el aspecto del Goya de 1802. No se necesita más que un pequeño esfuerzo de imaginación para ver a su lado a Cayetana, llena de gratitud y de encontrados afectos por aquel hombre moreno, pequeño y recio que suda de inquebrantable fidelidad.)

Notas

(1) Aquella tarde en la Alameda pudo muy bien remontarse a 1785, fecha en que Goya pinta sus dos primeros retratos de los Condes-Duques de Benavente-Osuna; Cayetana de Alba tenía entonces veintitrés años. Diez años más tarde, a poco de ser designado Goya director de la Academia de San Fernando (cuya presidencia de honor ostentaba precisamente la madre de la Duquesa), recibió la visita de los Duques de Alba y el encargo de que los retratara a los dos, cosa que hizo. A partir de esa fecha empieza a frecuentar a la Duquesa, que queda viuda a fines de ese mismo año, y ya 1796 y 97 son los años en que culmina la relación entre el pintor y su modelo-amiga-protectora-amante. Y su estadía juntos en Sanlúcar de Barrameda, de la que queda el maravilloso testimonio del álbum de dibujos, en uno de los cuales aparece la Duquesa, justamente, jugando con su amiguita de color.

(2) El retrato a que se refiere en forma algo incoherente Goya es el más famoso de los que pintó

a la Duquesa: aquel en que ella aparece con vestido y mantilla negra y un dedo señalando la tierra. Estaba efectivamente en poder del pintor (contra toda lógica) al morir su mujer Josefa Bayeu en 1812 y hacerse el inventario de los bienes que, por acta notarial, entrega ya a su hijo Javier. Figura como "un retrato de la de Alva con el número 14 (estimado) en 400 (reales)".

(3) La Huerta de Juan Fernández tenía libre su acceso al pueblo de Madrid, que la había convertido en uno de sus predilectos lugares de esparcimiento, hasta que la Duquesa, reivindicando viejos derechos de propiedad, consiguió recuperarla y levantar en él su palacio de Buenavista. Esa actitud fue enormemente impopular y se dio el caso de que un personaje tan querido del pueblo madrileño como la Duquesa, viera de repente su nombre vituperado en pasquines que ni la Inquisición ni el Rey pudieron evitar se fijaran. Caído Godoy, que como vimos obtuvo del Ayuntamiento que a la muerte de la Duquesa se comprase Buenavista para él, el palacio fue sucesivamente Museo Militar, residencia del Regente (1840), Embajada de Turquía, Dirección de Artillería y por fin Ministerio de Guerra.

(4) Nada queda de esos bocetos de Goya para los murales y techos del palacio. Es muy probable que él mismo, descontento como estaba con los temas y la ejecución, y muerta la Duquesa a cuya glorificación estaban destinados, los haya destruido.

(5) La Historia se ha ocupado más de la epidemia

de fiebre amarilla de 1803, que fue una catástrofe en toda Andalucía (el propio Godoy dedica bastante espacio en sus Memorias a describirla y contar los medios que se emplearon para combatirla), pero casi todos los veranos había brotes, y como vemos el de 1802 no fue insignificante.

(6) Cierta es la escasa inclinación que confiesa Goya por la mitología. Fuera de cuatro o cinco obras primerizas, de la época de su aprendizaje en Italia, no hay en toda la pintura de Goya otra mitología que la muy personal de sus Caprichos y Disparates. Y eso en pleno auge del neoclasicismo.

(7) Se confirma aquí una de las teorías más comúnmente aceptadas sobre la ejecución de las "majas": que ellas fueron pintadas por encargo de Godoy, en cuya posesión se encontraron al confiscar sus bienes en 1808. En cuanto al gabinete galante parece haber existido —quizás en 1802 no era más que un proyecto— por lo menos en el palacio de Buenavista, e integrado, aparte de las Majas, nada menos que por la Venus del Espejo de Velázquez, la Escuela del Amor del Correggio y la Bacante del Tiziano, adquiridas por el Príncipe de la Paz a los herederos de la Duquesa.

(8) Goya nos da aquí una explicación bien sencilla —bien de pintor— de ese problema que ha turbado tanto a los críticos y que es justamente la neutralidad del rostro de la maja.

(9) Salvo noticia del apercibimiento —cuyo texto cita Goya de memoria con notable exactitud—

todo rastro del proceso contra Goya e incluso de su sobreseimiento ha desaparecido por completo de los archivos de la Inquisición. Otra inquisición, aparentemente, se interesó en hacerlo desaparecer. Un nuevo caso de silenciamiento en torno a la vida y milagros de la notable Cayetana.

(10) Finalmente hay una fecha definitiva para la célebre carta de Goya a Zapater, que los comentaristas databan vagamente entre 1795 y 1800, y en la que Goya dice a su amigo zaragozano: "Más te valía venirme a pintar a la de Alba que se me metió en el estudio a que le pintase la cara y se salió con ello..." La carta tiene que haber sido escrita en la mañana del 23, cuando Goya ignoraba todavía que "la de Alba" estaba agonizando en su palacio.

(11) La carta de la Reina existe y ha sido publicada. Textualmente dice doña María Luisa: "La de Alba se despidió esta tarde de nosotros; comió con Cornel y se fue, está hecha una piltrafa; bien creo que no te sucedería lo de antes, y también creo estarás arrepentido de ello." La alusión a un viejo "affaire" amoroso entre Godoy y "la de Alba" es bien explícita.

(12) El interés por las plantas americanas, con sus raras virtudes medicinales, era tan grande en la España de ese tiempo que no pasaba año sin que se publicaran nuevos tomos de la "Flora Peruviana" de don Hipólito Ruiz y don José Pavón. El propio Godoy dice en el tomo I de sus Memorias: "En aquellos años nos llegaron del Perú nuevas remesas para el aumento de la Flora Pe-

ruviana y chilense que nos remitió nuestro botánico Juan Tafalla, más de cien especies nuevas, aumento no tan sólo para el lujo de la ciencia, sino también para la medicina, por las raras virtudes de algunas de las plantas, raíces y cortezas que nos enviaban." Nada tiene de extraño que una de esas plantas "de raras virtudes" haya llegado a manos de la Duquesa.

(13) Efectivamente, Goya había pintado a la Tirana en dos oportunidades, en 1794 y en 1799, pero a Rita Luna no la pintó hasta 1814, que se sepa, por lo cual, o hay un retrato anterior desaparecido de la actriz, o Goya tuvo un fallo de memoria, o lo tuvo Godoy al recordar las palabras de Goya. Tanto la Tirana como Rita Luna fueron célebres actrices de su tiempo y es lógico que Goya las traiga a colación en el trance curiosísimo de "maquillar" a la Duquesa.

(14) El blanco de plata, también llamado blanco de plomo y blanco de Krems (es un carbonato básico de plomo) era prácticamente el único blanco utilizado por los artistas hasta mediados del siglo XIX y figura entre las más tóxicas de las pinturas usadas habitualmente por aquéllos. Produce una enfermedad llamada dramáticamente "saturnismo". El pintor brasileño Portinari murió envenenado por blanco de plata. Sin embargo, en este caso las aprensiones de Goya eran excesivas porque si bien se recomienda enérgicamente no aspirarlo ni tragarlo, el efecto tóxico es resultado de la acumulación de muchas pequeñas cantidades. De todos modos, no era Goya

el único en exagerar su peligrosidad; siempre se le tuvo por sumamente tóxico y siempre se tomaron grandes precauciones para su uso.

(15) El violeta de cobalto es arseniato de cobalto y debe ser usado con extrema prudencia; el amarillo de Nápoles, antimoniato de plomo y venenoso como todos los colores de plomo; y el llamado verde Veronese (en Francia), verde opaco (en España), "emerald green" (en Inglaterra), "schwein-furt" (en Alemania), es una combinación de arseniato y acetato de cobre. Es el más venenoso y peligroso de todos los colores, y para disimularlo se le dan los nombres más fantásticos. (El verde de Scheel, usado antiguamente, era arseniato solo. Veneno puro, pues, y no es descartable que Goya lo usara bajo el nombre de otro verde similar.) No es raro que Goya lo llamara verde Veronese. Aparte de que pudo aprender a llamarlo así en Italia, grande fue la influencia de un veneciano, Tiépolo, en la pintura española de la segunda mitad del XVIII, y Goya no se había sustraído a ella; y Tiépolo bien podía llamar "Veronese" a un verde que había aprendido del Maestro Paolo.

II

LLEGUÉ A LA FIESTA demasiado temprano, como de costumbre; ella aún no había bajado de sus aposentos y yo me entretuve con algunos de sus familiares: don Ramón, el capellán, Berganza, el secretario, y el señor Bargas, su tesorero (16), que solían estar siempre presentes al comienzo de todos los saraos y luego se desvanecían discretamente a medida que los invitados se iban haciendo dueños del terreno; a mí los unía una ya vieja amistad, y aquella noche se habló, por lo que hube de hacerme repetir, de un grave amago de incendio que se había producido en palacio pocos días antes. Todos lo presumían intencional; tan vivo estaba todavía el resentimiento del pueblo por lo que consideraba una usurpación, que ni siquiera el dictamen real reconociendo sus derechos a la propietaria, había servido para mitigarlo (17). Lo que aquellos fieles servidores y sobre todo el impresionable Berganza temían era un ataque directo contra su ama, y la forma en que tal ataque podía afectar su ánimo, ya que éste se les antojaba singularmente desasosegado y aprensivo desde su regreso de Andalucía. Pero como dando un mentís a esas inquietudes, apareció ella en el salón, impartiendo sus últimas órdenes y retocando personalmente el arreglo de las flores que encontraba a su paso; sin atisbos de la melancolía que al secretario y a los otros afligía, y que a mí me había impregnado en el estudio pocas horas antes. Parecía la de sus tiempos mejores, y secretamente me enorgullecí de haber contribuido a ese resultado. Ella lo había hábilmente realzado con un vaporoso vestido de muselina en que los oros y los fuegos, en capas y más capas superpuestas, lograban un efecto de tornasol, como se sumaban en su cuello, en sus orejas y en sus dedos los rubíes y el oro para repetirlo en sus luces. Estaba resplandeciente y parecía saberlo. Giró sobre sí misma y me cogió de las manos, apartándome un poco. "Ya ves, Fancho mío" —me dijo—, "he evitado todos los colores venenosos. Y tengo un vestido blanco y plata que es el que más hubiera deseado ponerme esta noche." Dijo eso y se alejó, a modificar el arreglo de unas flores en un gran vaso de porcelana china. ¡Todas las rosas que alegraban la decoración repetían los colores de su atavío, como una variación de un mismo tema musical! Pero entretanto yo intentaba descubrir si sus palabras, tan ambiguas, había que tomarlas en su sentido literal o encerraban algún mensaje secreto a propósito de lo hablado en la tarde sobre el blanco de plata y sus fantasías de muerte. En todo caso, había logrado inquietarme de nuevo y disipar la dichosa impresión que me había producido su entrada. A esa altura, empezaron a llegar los invitados.

Nadie como ella tenía esa gracia natural y unas artes tan finas de hospitalidad, como para permitirse la audacia de mezclar a gentes de la condición más dispar en un salón, un palco de teatro, o en torno a una mesa. Nadie le disputaba ese cetro, ¿verdad?, y se sabía que en su casa es donde podía hallarse a un torero departiendo con una Grande de España, y a un sesudo filósofo galanteando a una cómica. Siempre para el mejor disfrute de todo el mundo, porque la atmósfera relajada y libre emanaba de la propia anfitriona; usted debe recordarlo, ella no vacilaba en involucrar en el mismo tuteo a un príncipe de sangre real y a un hombre de pueblo, en la misma broma a una aristócrata y a una maja de Lavapiés. Felizmente, si ella estaba cambiando, en eso por cierto no se advertía ninguna rigidez. Aquella noche empezaron a llegar los invitados y a poco, como si en ello hubiera un plan deliberado, estaban juntos el propio Príncipe de Asturias con Isidoro Máiquez y Rita Luna, y el torero Costillares con los Condes-Duques de Benavente-Osuna (18). Ignoro en qué momento llegó usted, don Manuel, pero también a usted lo recuerdo allí, platicando animadamente, sin que la presencia de sus enemigos políticos —lo era el Príncipe, por supuesto, pero también lo era Cornel, ¿verdad? y hasta la propia dueña de casa— provocara en usted la menor desazón. Ella tenía ese arte y en eso no había decaído, y había que verla aquella noche, don Manuel, bueno, usted la vio, como olvidada de todas sus nostalgias, con aquellos ojos negrísimos iluminados por la incandescencia viviente de sus muselinas. Alrededor de ella, todo se hacía placer de vivir.

(Fueran cuales fueran las artes de Cayetana, aquel comienzo de su fiesta no fue tan armonioso como lo quiere Goya. Pero él evita evidentemente, por delicadeza, hacer alusión a un incidente que tuvo lugar en aquella primera hora, y que nos cogió desprevenidos a todos. Yo estaba en la fiesta desde hacía ya un rato, con Pepita, cuando hizo su entrada mi mujer en compañía de su hermano Luis, el cardenal. Ni Mayte ni yo esperábamos encontrarnos allí; ella ignoraba incluso que yo hubiese llegado de La Granja ese mismo día. El encuentro fue un golpe para ambos y repercutió en el embarazo de Cayetana y de todos los que percibieron nuestra sorpresa. Se lo anoto a Goya y éste admite haberlo advertido) (19).

No tengo por qué negarlo; algo capté en la atmósfera. Para un sordo, que además se da el caso de que es pintor, o si usted lo prefiere, para un pintor que tiene la desgracia de ser sordo, hay una manera de oír... con los ojos, por así decir, que reemplaza las noticias que nos llegan por el oído. Recuerdo nítidamente aquel momento. El abanico de doña Pepita, con quien yo estaba, se cerró de súbito y tembló en su puño crispado; me volví y vi la mano del cardenal demorarse, vacilante, en el aire, un tiempo más de lo debido en extenderse hacia la anfitriona que se inclinaba a besar su anillo; vi el fugaz estupor trocarse en una débil sonrisa en los labios de Mayte, perdón, de la Condesa —perdóneme, tenga en cuenta que la conocí muy pequeña (20)—, y también lo vi a usted avanzar para recibirla con un poco más de prisa y menos de aplomo de lo que hubiera sido natural; vi un fulgor de regocijo malévolo en los ojos saltones de don Fernando; advertí una tensión, una suspensión en las figuras que imagino estaría enmascarado por lo vivo y desenvuelto de las réplicas que allí se cruzaban; pero sobre todo percibí, al volverse ella, sus ojos negros todavía desconcertados, irritados y divertidos por la sorpresa y sus mejillas en que otro rubor de vida se añadía al de mis carmines. Un rato más tarde me explicaba riendo todo el incidente como un malentendido; no sé si llegó a explicárselo también a usted. El cardenal había sido invitado porque era amigo de Haro y era quien iba a oficiar su boda, y había anunciado que acudiría con su hermana; ella pensó que se trataba de doña Luisita, su cuñada, y no de su esposa; y aun eso olvidó cuando lo encontró a usted en mi estudio y lo invitó a la fiesta (21). Sólo puedo decirle que ella no daba excesiva importancia a esos errores de ceremonial o a esos trances espinosos del comportamiento mundano; se reía con su pariente Pignatelli cuando la encontré en el comedor, cambiando las tarjetas de lugar para suavizarle el mal trago a todos, a su esposa, a usted, a doña Pepita, al propio cardenal. "¡Me gustaría ver la cara que pone Berganza!", decía —Berganza era el secretario y se desvelaba por la etiqueta— y riendo todavía volvimos al salón donde ya habían llegado los homenajeados, los novios: el Conde de Haro y la pequeña y deliciosa Manuelita (22).

El mal momento había pasado. Y se siguió departiendo hasta la hora de la cena en un clima de excelente humor. Pero si usted, don Manuel, se hubiera visto como yo en la absoluta necesidad de afinar la observación y hacer de la vista un sentido doble —cuidado, no se sonría, no estoy diciendo un doble sentido— hubiera podido tomarse el desquite de mi sagacidad y hubiera podido leer en mis actitudes lo que a mi vez me estaba pasando. No sé, lo hubiera leído en mi forma de alejarme hacia los ventanales, por ejemplo, y pretender que contemplaba el jardín. Porque la verdad es que si ella tenía aquel don admirable para reunir a las gentes más dispares, también tenía la maldita manía de rodearse de todos sus antiguos amantes y admiradores, y aquella noche, no diré que estaban todos, pero sí que eran un porcentaje condenadamente alto entre sus invitados. Y con todos menos conmigo, yo por lo menos así lo sentía por culpa de mis viejos y tozudos celos, con todos coqueteaba, como para avivar los rescoldos; con Pignatelli, que como era su pariente seguía teniendo expedita la entrada a palacio; con Cornel, que como continuaba conspirando con ella en el cuarto de don Fernando, no había cesado de frecuentarla; hasta con Costillares que había tomado ardientemente el partido del pueblo agraviado y le había combatido con denuedo el proyecto de su palacio... Para todos tenía un murmullo, una risa secreta, un íntimo golpe de abanico en el sitio del corazón, un impulsivo apretón de manos sostenido demasiado tiempo, y lo peor de todo: una lágrima, esa lágrima pronta, que afloraba a los ojos pero nunca llegaba a derramarse, y que fugaz, relampagueante, iba dirigida también a la altura del corazón. Tal era mi desasosiego, que me hacía dos veces sordo. Nunca me parecían más flexibles e insinuantes esos labios que al decir aquellas frases incomprensibles que quizás eran inocuas, pero a mí, por ir dirigidas a otros, se me antojaban cargadas de sensualidad y de misterio. Así, sordo y celoso, cavilando sobre mi cajita de rapé, llegó la hora de la cena.

(Goya parece más joven que nunca cuando revive los celos; y quizá se contiene porque sin duda a mí me alcanzaron, y él —con la intuición de los celos y la suya propia, que ha demostrado era notable— no podía ignorar que yo era, como Cornel, como Costillares, como Pignatelli y como él mismo, un amante más en el coro de aquella fiesta final de Cayetana) (23).

Quedamos sentados uno frente al otro, en el centro de la gran mesa ovalada y ella había dejado las dos cabeceras a los jóvenes homenajeados como un pretexto, sospecho, de sentar bien lejos de ella a los invitados que más le aburrían: el Príncipe Fernando y el Conde-Duque de Osuna, a quienes de paso honraba dándoles la derecha del Conde de Haro y de la futura Condesita. Ella se sentó, divertida, entre dos caballeros de temperamento y atuendo tan dispar como el cardenal y Costillares; con el primero sé que le gustaba hablar de botánica, una de sus pasiones tardías; con el torero mantenía siempre una relación muy viva y agresiva que, para mi reconcomio, olía todavía a fuego mal apagado; por mi parte mis vecinos de mesa eran Rita Luna, con quien me era más fácil conversar, porque tenía la precisa dicción de las actrices, y la Condesa-Duquesa, que me anunció, haciendo un apreciable esfuerzo de articulación de sus labios finísimos sobre sus enormes dientes, que deseaba encargarme una nueva serie de pequeños paneles para un nuevo gabinete, ahora que me sabía menos absorbido por mis tareas de Primer Pintor del Rey (24). Pero las conversaciones particulares —y no sólo las mías, claro, que eran necesariamente limitadas— pronto dejaron lugar a un asunto que dominó la atención de todos los comensales. Alguien había mencionado la cuestión del abortado intento de incendio. Empezaron a cruzarse preguntas, explicaciones, conjeturas, bromas, sin que yo llegara a entenderlas mucho hasta que el ir y venir de las réplicas terminaba por aplacarse, una y otra vez, para que la anfitriona emitiera su opinión o su propia teoría. Ella no tomó el asunto demasiado a la tremenda y prefería conducirlo hacia el lado de las burlas y de las suposiciones absurdas; sin embargo, yo la conocía demasiado bien para no descubrir en la inquietud de su mirada y de la gesticulación que el episodio la había afectado realmente, y que le dolía más de lo que estaba dispuesta a admitir que esas manos anónimas estuvieran animadas de tanto resentimiento contra ella como para desear destruir su anhelado palacio. Pero, como digo, adoptó el camino de la guasa. Y tras provocar a Costillares, a quien acusaba riendo de haber instigado a los incendiarios porque se había erigido a sí mismo en "campeón del pueblo llano", se dedicó a rastrear a lo largo del óvalo de la mesa otros posibles enemigos. Bromeó con usted, don Manuel, por el rencor que podía usted guardarle porque ella frecuentaba el bando de sus opositores políticos. Bromeó con la Condesa-Duquesa por ser las dos eternas rivales en lo que toca a la protección de cómicos, toreros y poetas. Y de súbito se encontró cara a cara conmigo y creo que sólo con el movimiento de los labios me dijo: "Tú no necesitas el fuego de las teas, Fancho; tú tienes tus violetas y tus verdes para acabar conmigo, pero eso será cuando yo te lo pida, ¿verdad?" Y yo quedé muy turbado, sin saber si los demás habían podido oír o comprender sus palabras, y tratando de entender yo mismo qué grado de chanza o qué grado de verdad había en ellas. A partir de ese momento preferí encerrarme en mí mismo y no volví a oír nada durante el resto de la cena. La veía a ella, moverse a un lado y otro y gesticular y reír, y me seguía preguntando el porqué de esa estúpida obsesión con los venenos.

(No quiero decírselo a don Fancho, pero la obsesión con los venenos, a esta altura, casi me parece más la suya que la de Cayetana. La frase de Cayetana, si la dijo, no la oí, y en todo caso fue una frase al pasar, en medio de un diálogo que sí había sido embarazoso, y arriesgado al extremo, en que Cayetana había jugado, como a ella la gustaba hacerlo, peligrosamente, con las verdades: la de su enemistad política conmigo, la de sus confabulaciones con Fernando, Escóiquiz y Cornel, la de su misma rivalidad con la Reina, que el propio Príncipe, mal intencionado como era, no perdió la oportunidad de recordar para molestia de todos. Pero Goya, obsedido por el asunto de los venenos, nada de estas tensiones había sabido captar, pese a su extrema capacidad de percepción. Aunque ahora barrunto que aquella frase casual de Cayetana, que yo no alcancé a oír, fue sí escuchada y registrada por alguien que, sentado a aquella mesa, estaba ya a esa hora demasiado dispuesto a interesarse por un veneno mortal) (25).

Se había recibido a los invitados y cenado en unas primeras habitaciones de la planta baja que habíanse habilitado provisionalmente y que luego no estarían destinadas más que al despacho de la dueña de la casa y de su secretario y tesorero; fuera de eso sólo estaban terminadas la capilla y la sacristía, las cocinas, los dormitorios de los criados y familiares y, en la planta alta, sus cuartos particulares. Pero al término de la cena ella expresó su intención de enseñar todo el palacio, inconcluso y sin ornato como estaba, y no esperó la anuencia de nadie: ya estaba un ejército de criados al pie de la escalinata, provistos de grandes hachones, prontos para abrir el camino. Y así empezó aquel extraordinario paseo nocturno a la luz de las antorchas, subiendo todos en desordenado desfile las gradas de aquella magnífica escalera que era uno de los espacios que yo me vería más apurado por decorar debidamente, aunque sólo fuera por la riqueza de mármoles y oros con los que iba a tener que competir. Todo esto lo iba explicando ella a medida que subíamos, tan atenta a informar a sus invitados, como a que los criados iluminaran todo a tiempo y a satisfacción de todos, mientras nuestras sombras se alargaban fantasmales hacia los techos altos, y la conversación se hacía una efervescencia de exclamaciones en el gran vacío, que me llegaba por la vibración del aire. Después seguimos, por la galería vidriada en torno al patio —el reflejo de las llamas en el cristal hacía aún más fantástica aquella procesión— hasta el saloncito octogonal que se abría, por una de sus caras, sobre la gran sala de los espejos, la que algún día debía coronarse con mi alegoría. Allí, en medio de un rectángulo de criados en severa formación con sus antorchas que se multiplicaban al infinito en los espejos —qué espectáculo, don Manuel, de los que hubieran desafiado el genio de un Tintoretto—, nos detuvimos todos los invitados en torno a la orgullosa y allí se bebió y se brindó —otros criados aportaron lo necesario— por la feliz conclusión del palacio, a despecho de incendiarios y celosos (26). Yo miraba el techo, envidiando la libertad e inconstancia de las pinceladas del fuego, que componía y descomponía mil veces por segundo una pintura desarrollada en el tiempo, dinámica, y mucho más fascinante que la de mis bocetos, cuando sentí que me cogían del brazo. Era ella, anunciándome que todos nos dirigiríamos ahora a mi improvisado taller. Quise oponerme, mas no valieron mis súplicas. Si nunca me ha gustado enseñar mis obras inacabadas, por evitarme comentarios o consejos fuera de lugar y tediosas explicaciones, menos aún esta vez; aquellos borroncillos no me complacían en absoluto. Pero no había lugar a hacer una escena y convertirme en el aguafiestas de aquel excitante paseo en que ella, dominadora, con sus tornasoles rojo y oro, parecía la emperatriz del fuego. Y así fue que todos fuimos a parar al salón de música, provisionalmente transformado en taller de pintura, y ahora en sala de recepción, pues se alcanzaron sillas, bebidas, dulces, y hasta un trío de músicos, en un rincón, atacó una pieza de Boccherini. Fastidiado por las opiniones que al fatuo de Cornel o al ignorante Costillares les merecían mis invenciones, hubiera deseado echarlos a todos de allí con cajas destempladas; como era imposible hacerlo, preferí dedicarme a escuchar la encantadora música del Maestro. ¿Sabe usted —bueno, se lo habrá imaginado anoche— que aún hoy percibo lo bastante la música como para deleitarme con ella? Pero no permanecimos mucho tiempo, sin embargo, en aquella parada del paseo. Ella se había movilizado de nuevo, fatalmente. Todo le impacientaba, por aquel genio vivísimo y rápido que le permitía comprender las cosas, y aun disfrutarlas a fondo, cuando los demás apenas comenzaban a vislumbrarlas. Pues despachó a los músicos, ordenó a los criados que continuaran sirviendo abajo las bebidas, y anunció que el paseo estaba terminado. Pero...

"¡Un momento! —exclamó deteniendo a los que encabezaban la comitiva—. Olvidé advertirles algo. ¿Sabéis que Fancho puede convertirse en un envenenador peligroso? ¿Sabéis que sus potes de pinturas aparentemente inocentes guardan más veneno que los guardapelos y las tabaqueras de los Borgia?" Yo estaba paralizado. Ella pronunciaba su arenga como para que yo no perdiera una sola sílaba y yo no comprendía el porqué del absurdo espectáculo que había decidido dar. Entre la sorpresa y el desconcierto de los demás, se lanzó como un felino hacia la mesa donde se acumulaban mis potes y cogió uno entre los amarillos. "¿Veis este amarillo? Si es el de Nápoles, cuidaos, ¡podéis morir de sólo mirarlo! Y no estoy haciendo ninguna alusión a tu novia, Fernando" —añadió descaradamente dirigiéndose al Príncipe—. "¡Dios nos libre! ¡Esperemos que no nos traiga esas malas costumbres de Italia! (27). ¿Y veis este inocente morado con que se suele pintar la túnica de Jesús Nazareno? Pues no es nada tan santo, aunque se llama hipócritamente violeta de cobalto. ¡Oledlo tan sólo y se os paralizará la sangre en las venas!" Surgían exclamaciones, preguntas, risas nerviosas. Yo estaba demasiado contrariado para responder, y, por supuesto, más sordo que nunca. Pero ella no cejaba. Revoloteó entre sus muselinas y canjeó el violeta por un verde, con la presteza de un mago de feria. Paseó el pote bajo los ojos de los atónitos espectadores. "¡Y el verde! ¡El color de los prados y de los ojos de los ángeles! ¿O sólo es el de los ojos de Lucifer? ¡Pues mejor! ¡Verde Veronese! ¡Veneno puro!" Esta vez destapó el frasco, ¿no lo recuerda usted?, y volcó un poco de polvo en el dorso de su puño izquierdo, y se lo llevó a la nariz, ese gesto odioso que yo le había visto hacer tantas veces con el polvillo blancuzco de los Andes, y ya iba a aspirarlo, cuando salté hacia ella y de un solo golpe brusco de la mano aventé el montoncito de polvo verde de su mano izquierda y le arrebaté el pote de la derecha, furioso, y gritando: "¿Está usted loca? ¡Es veneno mortal!" "¿Visteis?", llegó a gritar ella entre el embarazo de los presentes, pues mi gesto había sido verdaderamente violento y ella no había podido contener un grito al ser golpeada. Y no sé qué hubiéramos podido hacer o decir luego, si otro incidente no hubiera venido a resolver la penosa situación. Mayte, perdón, su esposa de usted, don Manuel, la señora Condesa de Chinchón, lanzó un gemido y se desplomó; si no llegó a caer al suelo fue porque su hermano el cardenal, con los reflejos muy rápidos, la pudo coger antes de que cayera del todo. Hubo un revuelo. La sentaron, hicieron espacio en torno de ella para dejarla respirar, alguien pidió sales y don Fernando ofreció un frasquito que sacó de su bolsillo, pero el cardenal nos tranquilizó a todos diciendo: "No es nada. Un desmayo. Suele pasarle. Habrá sido la resina de las antorchas", y mientras devolvía gentilmente las sales al Príncipe, a ella la llamaba a la realidad dándole suaves golpecitos en las manos y en las sienes, murmurando un santo conjuro que yo, descompuesto todavía, estuve muy lejos de comprender. Sí recuerdo que a instancias del propio cardenal los dejamos solos en mi taller y salimos hacia la sala de los espejos. ¿No lo recuerdo mal, verdad? ¿Fue él y no usted quien socorrió a la señora Condesa? Quizá no debería preguntarlo...

(Después de tantos años, le digo a Goya, no hay mal alguno en hacerlo. Sí, fue mi cuñado el que socorrió a Mayte. Ellos estaban entrañablemente unidos desde la infancia, y ella, creo, buscó refugio en él cuando la relación conmigo fue haciéndose, como sucedió, cada vez más tirante y distanciada. Yo hubiera auxiliado a Mayte, por supuesto, porque no había dejado de ser un marido solícito, pero él, simplemente, se me adelantó. Vuelve a excusarse Goya diciendo que me está aburriendo, pues me cuenta como nuevas cosas que yo viví o presencié igual que él. Le digo que no es así, es decir: no "igual que él", nunca unos y otros vivimos o percibimos lo mismo de un mismo acontecimiento. Por ejemplo el arrebato de Cayetana en el taller a propósito de los venenos a mí me pareció un juego inocente, y la propia reacción de Goya me resultó natural y no le di más trascendencia en el momento. Otra cosa es que al día siguiente, al enterarme de que Cayetana se moría de un mal extraño que los médicos no podían dictaminar, no haya pensado automáticamente en los venenos.)

Volvimos atravesando salones y galerías —el espectáculo era el mismo que a la ida, pero yo no tenía el ánimo para más efectos ópticos— y bajamos la escalinata. El trío ya estaba tocando de nuevo en el salón y todos se sentaron a escucharlo; yo quedé de pie, cerca, pues tocaban algo muy tenue, un "adagietto". Miré el nombre del músico en la partitura del cellista. Haydn, rezaba. Ella seguía siendo fiel a las preferencias musicales del finado Duque (28). Vino el breve rondó. Los aplausos premiaron al trío. Me volví y vi una figura alta, color de fuego, que aprovechaba para dejar el salón. Decidí seguirla, reprocharle —y sobre todo, hacerme perdonar— la escena del taller. Pero ella andaba muy rápido. Llegué al pie de la escalinata cuando ya desaparecía en el piso alto, a la sala de los espejos cuando entraba a sus cuartos por el pasillo del extremo opuesto. Siempre una llama oscilante que parecía burlarse de su perseguidor. No pude seguir tras ella. Al acercarme al taller, salían en ese momento su esposa y su cuñado de usted, con el criado que había de iluminarles el camino. Y se entretuvieron conmigo. El cardenal me dijo: "Gracias por tu hospitalidad, Francisco. A ver cuándo vienes a visitarnos a Toledo. Tal vez sea tiempo de que nos hagas dos nuevos retratos (29). Y no juegues con los venenos." Mayte se asió a su brazo con un gesto de niña atemorizada, quebrado otra vez el cuerpo hasta el punto que temí un nuevo deliquio, pero musitó: "Adiós, Francisco, ven a vernos" y se marcharon escoltados por el criado portando su hachón. Eran de los pocos en Madrid que me llamaban Francisco, no Fancho, ni Paco, ni Goya: Francisco. Así habían aprendido a llamarme de niños, cuando los pinté por primera vez junto a sus padres, y así seguían llamándome. Siempre sentí un gran afecto por ellos, y siempre se portaron espléndidamente conmigo. Los vi marcharse, del brazo, a pasos cortos, por el salón de los espejos, y los recordé en igual actitud —él siempre abreviando su paso para acompasarse al de ella— como los había visto en Arenas de San Pedro, de la mano, cazando mariposas en el jardín o yéndose a dormir después del rosario, bajo la tierna mirada del Infante don Luis. Se habían marchado, pues. Vacilé. Ella había entrado en sus cuartos y yo no me atrevía a llamarla. Al fin volví al taller y decidí ponerme al trabajo.

Debo haber permanecido allí alrededor de una hora, poniendo un poco de orden en los bocetos que habían pasado de mano en mano e intentando dibujar un capricho en que la maja —ella— se entendía con un viejo boticario, que era una deformación monstruosa de mí mismo, tal como acababa de entreverme en los espejos de la sala, y perpleja, vacilaba en elegir entre los potes que él le ofrecía. El capricho había de titularse "¿Cuál me la asegura?", ambiguamente, pues aunque la actitud de la mujer y la lubricidad del viejo más decían de filtros de amor y juventud, la verdad es que lo que pedía la maja era que le garantizaran la muerte. En todo caso aquel capricho no fue más allá de ser eso, un antojo momentáneo que, rasgado el papel en mil pedazos, fue a dar a un cesto. Oí dar las dos en los Jerónimos y decidí que era tiempo de irme; un momento antes, por la ventana, había visto alejarse un carruaje; los invitados habían comenzado a marcharse a sus casas. Apagué las luces y salí. En la oscuridad, la sala de los espejos se volvía oprimente, atravesé rápidamente su larga extensión y el saloncito octogonal, y respiré más a gusto en la galería donde, por lo menos a través de una ventana abierta, algo llegaba del aire nocturno del verano y de la algarabía de ese Madrid insomne siempre.

La señora Condesa, su mujer, aparentemente no se había recuperado del todo de su vahído, se había sentido mal y había habido que llevarla. Usted la había acompañado esta vez. Al menos eso me dijo el susurrante Pignatelli, excitada su malignidad porque el cardenal y Pepita ahora debieran marcharse juntos.

Hacía conjeturas sobre lo que podrían hablar en el trayecto, mientras Máiquez tocaba la guitarra y Rita entonaba sus tonadillas de siempre. Ella, por el momento, me daba la espalda, atenta al canto de Rita, sentada en un escabel y con un brazo apoyado en el muslo de Costillares. Y de repente, aprovechando la tregua de unos aplausos, saltó en pie, como una viva llamarada, y arrancando la guitarra a Máiquez se puso ella misma a cantar. Ahora le veía el rostro, y lo desencajado de éste, lo febril de las pupilas y lo extático de la expresión, y la suerte de insidiosa violencia que ponía en el canto, que desgranaba motivos de amor y muerte, me dieron en seguida la idea de que si yo había evitado que aspirara el verde Veronese —lo que, al fin de cuentas, no hubiera pasado de ser una farsa— ella se había consolado pronto aspirando de veras los polvos de los Andes. Cuando estaba bajo sus efectos, adquiría una energía como artificial y dolorosa —para quien tan bien la conocía como yo, desde luego— y perdía su gracia natural; aquel incomparable desenfado se volvía de repente más seco y chirriante, menos cordial. Empezó a derramar lágrimas mientras cantaba y vi alarmado el negro que yo le había puesto en las pestañas desteñirse sobre las mejillas, y debió de darse cuenta porque terminó de cantar abruptamente, devolvió la guitarra a Máiquez y tarareando los últimos compases de la canción se marchó de la habitación donde estábamos. Un rato después estaba de vuelta, corregido más o menos el daño, y se sentó aparte, poniéndose a beber copa tras copa, mientras escuchaba, tensa y celosa como una pantera, con una asombrosa falta de simpatía, a su prima Manuelita hablar de ajuares y de fechas y de viajes de boda. Ella adoraba a Manuelita, pero sus demonios se habían puesto en acción y no me tomó de sorpresa cuando en otro impulso felino se plantó en medio de la tertulia, diciendo: "Ay, niña, nos aburres con tus cuentos de novia y esta velada se está pareciendo a las de doña Tadea (30). Aquí hace falta un poco de emoción. ¡Una conspiración! ¿Qué te parece, Fernando?, o un crimen pasional, aunque sea sólo ficción, Isidoro, o por lo menos un incendio. ¿Dónde están tus incendiarios, Costillares? ¿Podrán perdonarme el palacio si los contrato para animar mis fiestas?" Súbitamente vi un relámpago en sus ojos. Y me alarmé. Podía significar cualquier cosa. "¿Pero para qué los necesitamos?" clamó. Corrió hacia una de las teas que iluminaban la habitación, la arrancó de su soporte y haciéndonos frente, a Pignatelli, a Costillares, a mí, que la conocíamos demasiado y nos aprestábamos a intervenir, gritó: "¡Me basto sola para incendiar mi casa!" Se lanzó hacia los cortinados y nosotros hacia ella, y ella se debatía entre gritos y risas, y también nosotros nos reíamos para aliviar lo enojoso de la situación y al fin Costillares consiguió cogerla por detrás, por los codos, y Pignatelli rescatar la tea, mientras yo vertía el agua de un florero en las incipientes llamitas que festoneaban el brocato. La de Osuna se había puesto de pie y se había acercado al cardenal, pidiéndole tácitamente que interviniera; Máiquez tocó unos burlones acordes trágicos en la guitarra comentando el dramón que allí se estaba ofreciendo; Cornel dormitaba, borracho, me imagino, entre unos cojines; el Príncipe Fernando no había perdido su expresión divertida y estúpida; Manuelita se había abrazado a su prometido; y yo estaba allí, como un tonto, el florero en una mano y las rosas en el otro (31).

Pareció darse por vencida, pero no tanto por nuestra intervención como porque algo dentro de ella se hubiera aflojado, abandonado, repentinamente, como siempre. Nada valía la pena. Ni su palacio, ni la velada, ni nosotros. Se sacudió de Costillares, rió un poco, como para sí, recogió su chal de Cachemira con gesto indolente, y se marchó sin decir palabra, en un clima de fracaso y tristeza que me sobrecogió. Se cruzaron algunas miradas de comprensión o de ironía, alguien despertó a Cornel diciéndole que era hora de marcharse y Pignatelli, como familiar, se encargó de oficiar la despedida. Cuando llegamos al vestíbulo, miré hacia arriba. Los altos techos y la boca de la escalinata estaban oscuros, tétricos. Había una mancha en lo alto de los escalones. Me pareció que era el chal de Cachemira, como una mancha de sangre sobre el mármol de Carrara.

(En los últimos tramos de su relato, Goya se ha llenado de pesadumbre y abatimiento. Curioso, eso no lo envejece. La memoria de la pasión —si memoria es— es tan intensa que tengo la impresión de tener ante mí algo a la vez vigoroso y vulnerado: un toro herido.)

NOTAS

(16) Como recordaremos, esas tres personas, más don Carlos Pignatelli, los dos médicos de cabecera de la Duquesa y doña Catalina Barajas, su criada de cámara, fueron los herederos a quienes la Duquesa dejó sus bienes personales en un testamento otorgado cinco años antes —el 16 de febrero de 1797— en Sanlúcar de Barrameda, lo que indicaría que los barruntos de muerte no eran nuevos en la Duquesa.

(17) Por lo que cuentan las crónicas, fueron varios los incendios intencionales de que se hizo objeto al palacio de Buenavista durante su erección.

(18) Isidoro Máiquez y Rita Luna eran cómicos célebres y formaban pareja; Costillares fue uno de los mejores toreros de su tiempo; los Condes-Duques de Benavente-Osuna representaban lo más ilustrado y al mismo tiempo mundano de la rancia nobleza española, y especialmente la Condesa-Duquesa era mujer de gran brillo, verdadera rival de la de Alba en los últimos esplendores de aquella Corte borbónica.

(19) El embarazoso episodio cuestiona (del mismo modo, ya lo veremos, que cierta carta de Jovellanos) la habilidad de que luego se jacta Godoy para conciliar sus varias vidas paralelas. Antes se diría crasa desaprensión.

(20) Goya la conoció muy pequeña porque en los albores de su carrera de pintor mundano pintó al Infante don Luis (hermano de Carlos III) con su familia morganática, su mujer y sus hijos, allá por 1783, en su mansión campestre de Arenas de San Pedro. Hay un retrato de familia en que aparecen todos y también un retrato individual de María Teresa (del mismo 1783) que lleva esta inscripción: "La S. D. María Teresa, hixa del Sr. Infante Don Luis de edad de dos años y nueve meses." Eso explica que Goya, diecinueve años después, la siga llamando Mayte.

(21) Es probable que Cayetana de Alba, pese al desenfado con que formuló su invitación, haya dado por descontado que Godoy acudiría con su mujer legítima; y que haya sido la presencia de Pepita la que trastornó todo.

(22) Manuelita de Silva y Waldstein, que casó antes de cumplir los catorce años con el Conde de Haro, fue pintada por Goya un año después (ya lo veremos más adelante) y murió en 1805. Era pariente cercana, por vía paterna, de la Duquesa, cuyos apellidos eran Silva y Álvarez de Toledo.

(23) Por primera vez Godoy reconoce explícitamente algo que hasta ahora, para los comentaristas, no ha sido más que motivo de especulación, basado

en rumores registrados por cronistas de la época, en la célebre carta celosa de la Reina, etc.

(24) O la Condesa-Duquesa desistió luego de su proyecto, o Goya, que le había pintado quince años antes sus escenas populares para la Alameda, y hace cinco sus no menos famosas seis escenas de brujería, se excusó de hacer una tercera serie. No olvidemos que tras la muerte de la Duquesa, Goya dejó un buen tiempo de pintar, según propia declaración.

(25) Nueva alusión de soslayo al asesino. Ahora, por lo menos, sabemos que Godoy lo identificaba como uno de los comensales de la cena de la Duquesa.

(26) Para los que se escandalicen de los ejércitos de criados que según el relato de Goya resultaba tener la Duquesa, basta decirles que eran, a su muerte, más de trescientos los que tenía a su servicio.

(27) Imprudente —u oportunísima, según se mire— alusión de la Duquesa a la mala fama de que gozaba la Corte de Nápoles en lo que atañe a un uso muy liberal del veneno. No olvidemos que, como está documentado en la correspondencia de Godoy con Napoleón y hasta en la de la propia María Luisa, y en las mismas Memorias del primero, los tres años que pasaron entre la boda de Fernando y la muerte de su mujer, la Princesa María Antonia de Nápoles, fueron años de perpetuo sobresalto para la Reina, que temía ser envenenada de un momento a otro por su

nuera, y por orden de los Reyes de Nápoles. Irónicamente, las circunstancias de la muerte de la Princesa, que murió de tuberculosis, pero temiendo ella misma alimentarse de toda cosa que no pasara por su estricto control ("su manía de comer lechuga, vinagre puro, tortilla de mozzarella con mucha pimienta", dice la propia Reina en una carta) arrojaron sospechas sobre su suegra, a las que sale al paso el propio Godoy. Toda una historia para ser contada en "amarillo de Nápoles".

(28) El Duque de Alba, aún joven, murió en 1795, poco después de que lo pintara Goya en su bello retrato en que aparece hojeando una partitura de Haydn.

(29) Goya pintó varias veces a Luis y a María Teresa de Borbón y Vallábriga. En 1783, como ya dijimos, cuando tenían seis y tres años respectivamente, en un retrato de familia y en sendos retratos individuales que forman pareja; también son una pareja, como los que Goya solía pintar a marido y mujer de la nobleza o de la burguesía, los retratos de Luis, ya cardenal, y María Teresa, ya prometida a Godoy, pintados en 1797; y aun los que pintó en 1800: el del cardenal-arzobispo y el celebérrimo de María Teresa embarazada. Estos "nuevos retratos" de que le habla el cardenal a Goya no llegó nunca a pintarlos éste. Los de 1800 son los últimos de la pareja.

(30) ¿Será doña Tadea Arias de Henríquez, pintada por Goya ocho años antes?

(31) Las crónicas de la época registran ese rapto de la Duquesa, tea en mano, amenazando a sus invitados con quemar ella misma el palacio. Sólo difieren un poco las palabras que la atribuyen: "¡Voy a hacer yo por mi mano lo que quieren hacer los demás!"

III

EN ALGÚN MOMENTO, al comienzo de la noche, habíamos convenido con ella una entrevista para el día siguiente, al mediodía. Yo debía reemprender el trabajo. Revisaríamos los bocetos, discutiríamos ideas nuevas, si era preciso yo empezaría otra vez desde el principio, pero "métetelo en la cabeza, Fancho —me había dicho—, quiero inaugurar el palacio cuanto antes, que en cualquier momento nos invade Napoleón". La broma había sido celebrada por sus familiares, aunque el cura, en realidad, se hizo la señal de la cruz; nadie sospechó entonces que unos años después su broma iba a convertirse en una trágica realidad. Pero ella no llegó a verlo, y eso tampoco lo pensamos, ni el secretario, ni el tesorero, ni yo; que ella no llegaría viva a la próxima noche, que se moriría antes que las rosas.

Llegué a palacio hacia las dos, después de holgazanear por el Paseo; era extraño, contemplándolo a través de las rejas y el jardín, ver todo en silencio, porque aunque las obras seguían suspendidas hasta setiembre, tal era la cantidad de criados que ella tenía, que siempre podía haber algunas decenas yendo y viniendo. Aún más me llamó la atención, ya llegando a la puerta de la calle de la Emperatriz, reconocer en un birlocho que se marchaba el de don Jaime Bonells, el anciano médico de cabecera, que había asistido al Duque en 1795. Pero como ella lo llamaba apenas uno de sus familiares o criados tuviera un dolorcillo, no había todavía razones para alarmarse. No me quedaban, sin embargo, muchos momentos de tranquilidad. En el vestíbulo encontré a Pignatelli y a Catalina (32), que acababan de despedir a Bonells. Hablaban a media voz, con aire circunspecto, y ella corrió escaleras arriba, sin saludarme. Pignatelli, al verme, se limitó a fruncir el ceño y a hacer un gesto expresivo y lúgubre; con el índice derecho señaló el piso alto y sacudió sombríamente la cabeza. Tras ello me dejó solo con mi inquietud, marchándose a la calle. No había ningún criado a la vista. Vacíos, aquel enorme vestíbulo y aquella altísima escalinata sobrecogían. Ningún rumor me llegaba a través de los largos pasillos o desde el piso alto. El palacio era tan grande que podía estarse bailando —o agonizando— en él, sin que uno se enterase. Me senté en una silla dejada allí para algún postulante. Miré las paredes, el techo; en aquel momento tuve la absoluta seguridad de que nunca había de pintarlas. Pasaron veinte minutos, fácilmente, al cabo de los cuales sentí sobre las losas del pavimento el rumor de otro coche que llegaba. Un momento después, Pignatelli hacía pasar a don Francisco Durán, el otro médico de la casa, el que la atendía con preferencia en los últimos años. Los dos, sin hacer caso de mí, se dirigieron hacia la escalera y empezaron a subir. Catalina apareció en lo alto y bajó unos escalones para recibir a Durán. Los tres desaparecieron, rápidos. Subí los escalones de dos en dos y llegué a tiempo de verlos salir de la galería. Los cuartos de ella empezaban en el otro extremo de la sala de espejos, al lado opuesto del saloncito octogonal. Mi taller quedaba, por tanto, a poco que dejara la puerta abierta, prácticamente en el camino de cualquiera que fuera o viniera de los cuartos al resto del palacio. Antes de dar caza a Catalina y a los dos hombres —tan ensimismados parecían que ni advirtieron mi persecución— decidí meterme en el taller y esperar allí. En algún momento Catalina saldría a despedir al médico y yo podría abordarla.

Corrí un poco una mesa y un taburete fingiendo que trabajaba; desde allí controlaba cualquier pasaje por la sala de los espejos. Volvió a pasar mucho rato, y en vano trataba de tranquilizarme; sobre todo de no hacer suposiciones, aunque inevitablemente pensaba que un exceso de aquel endemoniado polvillo de los Andes podía justificar este ir y venir de médicos y estos aires compungidos. No sé en qué momento mi mirada recayó casualmente sobre la mesa en que se alineaban, como una hueste de infantería, mis potes de colores. Tuve una intuición repentina y me lancé sobre ella. Faltaba el verde Veronese. No podía ser. Pero faltaba. Volví a mirar. Faltaba. Quizás ayer, al poner orden, confundí su lugar. Faltaba. Cerré los ojos y respiré hondo. Traté de calmarme. Revisé uno por uno los potes. Pasé por delante del amarillo de Nápoles y del blanco de plata y del violeta de cobalto, diciéndome: ahora aparecerá el bendito verde, todo es un error, una ofuscación. Pero faltaba. Retrocedí vacilando sobre mis piernas, busqué el taburete. Tenía las manos heladas y seca y rígida la garganta. Temblaba, sudaba. ¿Cómo había dicho ella la víspera? "Tú tienes tus violetas y tus verdes para acabar conmigo..."

(Goya se ha puesto a temblar. Le traspiran las sienes. La voz se le ha hecho débil y sorda. Cierra los párpados, como para conjurar un vahído. Es terrible. Yo también tiemblo. Yo también sé que alguien ha robado un veneno. No estamos en Burdeos. Estamos en Madrid, en otro taller, y falta el verde Veronese entre los potes de colores.)

Cuando salí de mi atolondramiento, pude ver que se había reunido mucha gente en la sala de los espejos: el capellán, el tesorero, el secretario, varias doncellas y criados y Manuelita Silva, pálida y asustada. Unos rodeaban a Catalina, otros a Pignatelli. No tenía necesidad de preguntarles nada. Ella agonizaba. Por los espejos, se veía, entreabierta, la puerta que conducía a sus cuartos. Fui lentamente hacia ella. Nadie me prestaba atención. Nadie se dio cuenta, unos segundos después, de que me había deslizado dentro de sus cuartos privados. Éstos consistían fundamentalmente en dos habitaciones espaciosas: el dormitorio y un pequeño salón o antecámara que servía a la vez de vestuario y tocador. En este último era en el que yo acababa de penetrar y no había nadie en él. La puerta que comunicaba con el dormitorio estaba entrecerrada. El cuarto estaba en penumbra, las celosías filtraban la luz de Occidente en aquella tarde de verano, estrías que se quebraban contra los cortinados y los muebles. Y de repente vi el vaso. Allí, sobre el tocador, el vaso en que se rompía, cegadora al pegar en el cristal, una de aquellas estrías de luz. Un precioso vaso veneciano, regalo de un embajador pontificio, un vaso donde los azules y el oro se entrelazaban en un complicado arabesco alrededor de dos medallones de finísimo esmalte. Siempre lo había admirado; ahora me hipnotizaba. Y fui sumisamente hacia él. No lo toqué. El vaso estaba lleno hasta la mitad de un líquido verdoso, por supuesto. Digo por supuesto porque yo lo hubiera visto verdoso de cualquier manera, tan convencido estaba de que había una relación no sólo lógica, sino también misteriosa, mágica, entre la pintura extraviada y el vaso que me llamaba; lo digo también porque la luz al refractarse en el cristal y en el líquido mezclaba los azules y los oros, y daba, dentro del vaso, una pequeña concavidad glauca, marina. ¡Verde!

Mi instinto, más que mi oído, me hizo volverme. Se abría la puerta del dormitorio y como si se hubiera producido un llamado, desde la sala entraban Catalina y Manuelita. El médico conferenció un instante con ellas —yo seguía allí ignorado, como un fantasma— y luego volvió a entrar en el dormitorio acompañado por Catalina. La pequeña Manuelita, para dominar su desazón, prefirió sentarse en una silla contra la pared, junto a la puerta, y esperar. Fue entonces que me vio y me sonrió con un infinito desamparo. Creo que dijo: "Se nos muere...", pero no estoy seguro. Quizás era, simplemente, lo que yo estaba temiendo escuchar. Estremecido, tuve que apoyarme en el tocador. Miré el vaso y otra vez a Manuelita. Los dos desviamos la mirada en el mismo momento. Y así nos quedamos, ella sentada como una niña que aguarda la penitencia de la Madre Superiora, yo de pie, inmóvil de desconcierto y dolor; y así seguíamos cuando volvieron Catalina y el médico. "Quiere verlos a los dos" —dijo Catalina, y viendo mi estupor, aclaró: "A usted también, don Fancho." Manuelita ya había desaparecido dentro del dormitorio. El médico iba a lavarse las manos en una jofaina y Catalina se aproximó con una toalla; con un aire repentinamente conmovido, ese hombre de apariencia fría la cogió por los brazos sin decir palabra. No había esperanza. Un impulso irracional se apoderó de mí: coger el vaso, llevármelo, esconderlo, como si ella me lo estuviera rogando desde el fondo de su alcoba. Esperaría a que Durán se marchara. Catalina lo acompañaría. Entonces actuaría. Empecé a pensar de qué manera podría sacarlo de allí sin que lo advirtieran; es posible que nadie le diera ninguna importancia; que en medio de la angustia que los oprimía, ni siquiera supieran que ese vaso estaba allí. Pero Catalina y Durán no terminaban su rito de lavamanos, y ya Manuelita estaba de vuelta. ¿Me equivoqué o realmente al salir del dormitorio sus ojitos acongojados se detuvieron una fracción de segundo sobre el tocador? No tuve tiempo de pensarlo dos veces. Catalina me instaba a pasar a la alcoba. Allí quedaba el vaso. Yo iba a ver a su víctima.

(Guardo silencio sobre el vaso. No le digo nada a Goya. No le digo que lo tuve en mis manos la noche antes, cuando todavía era un inocente vaso veneciano del *quattrocento,* admirando la dama y el ciervo de sus dos preciosísimos medallones esmaltados. No le digo que hoy todavía sigo viéndolo, centelleante, mágico como él dice, y trágico también, sobre la mesa de tocador de Cayetana.)

¿Me perdona si no le hablo de lo que fue mi última entrevista con ella? Sólo puedo decirle que a pesar del sufrimiento, a pesar del desasosiego del cuerpo y del espíritu, a pesar de aquel rostro ceniciento y aquellos ojos quemados por la fiebre, era la misma de siempre, chusca hasta en el delirio... chusca hasta con Dios y con la muerte... "Yo lo quería así, Fancho mío" —me dijo—, "sólo que quizá se haya dado demasiada prisa..." Pero no quiero hablar de eso.

> (Goya, aparentemente, tiene dificultades para seguir su relato. Estoy por decirle que no lo haga, cuando consigue otra vez modular una voz que le flaquea y se quiebra, seca y áspera, como barro cocido.)

Después volví al salón. Caí sentado en una silla, la cabeza gacha, ajeno a lo que ocurría alrededor de mí. Había movimiento de faldas y conversaciones en voz baja. Entraron otras personas: Pignatelli, el capellán, Bonells, el viejo médico que se había marchado no hacía más de dos horas. El cura traía consigo los últimos auxilios, un cáliz recubierto. Lo depositó sobre el tocador, haciendo lugar entre joyas y perfumes. Entonces advertí que el vaso ya no estaba en su lugar. Había desaparecido. Nadie había tocado nada en aquella habitación, donde sólo se hablaba de muerte, y sin embargo alguien se había tomado el trabajo de sacarlo de su lugar... Pero, ¿quién? ¿Catalina? ¿Quizás ella...? Como una respuesta se asomó a la puerta del dormitorio —seguramente había entrado al salir yo— y llamó con un gesto al cura. Todos supimos que se moría. La habitación se llenó de gente. Aparecieron la de Osuna,

Haro y la desconsolada Manuelita, Costillares. Pignatelli lloraba. Bargas cayó derrumbado en una silla. Berganza se mordía un puño. Me retiré a un ángulo, y allí estuve, en la sombra, incapaz de salir de mi estupor, asombrado de la muerte, sintiendo en la frente un vientecillo que se colaba entre los visillos y que me parecía iba a barrerlo todo, suave y lentamente, para siempre. No sé cuánto tiempo estuve así. Sé lo que me arrancó de mi estado. Una luz, cegadora otra vez. El vaso estaba otra vez en el mismo lugar de antes, esplendente sobre el tocador. Por magia se había desvanecido y por magia había vuelto a materializarse, provocándome otra vez con sus luces de diamante. Giré por detrás del tocador, más fascinado que con algún propósito preciso, y cuando estaba casi por tocarlo, vi estupefacto que ya no contenía ningún líquido. Había sido vaciado y secado. No llegué a cogerlo. Los dedos que retraje me quemaban. Miré en derredor, por si alguien había visto mi gesto. En un rincón, el Conde de Haro consolaba a Manuelita, y ésta tenía los ojos perdidos, como viendo a través de mí, del fantasma, anegada de dolor. ELLA había muerto.

(Creo que Goya está llorando. Resopla, pero quedo, con una furia sorda. Se hace un larguísimo silencio. Se llena una copa de brandy y otra vez se olvida de invitarme. Hago un gesto que implica mi intención de dar por terminada la entrevista y marcharme, y él me detiene con un ademán enérgico de su recia mano. Quiere terminar su historia. Y yo quiero oírla hasta el final.)

Un mal sueño que había empezado con mi llegada al palacio y se concluía con un despertar terrible. ELLA había muerto. Y yo sabía cómo. Pero si no había tenido el tino y la lucidez suficiente para gritarlo cuando descubrí que faltaba mi pote de pintura —entonces ella estaba todavía viva— no tenía sentido decirlo ahora, cuando ya no había remedio, cuando entre Catalina y otras doncellas habían empezado a amortajarla y cuando los médicos no se ponían de acuerdo y hablaban de las miasmas del verano, de una infección virulenta, de un contagio de la fiebre amarilla, traído secretamente desde el sur. Sin mencionar en ningún momento la palabra veneno. La que a ella la había obsedido en la víspera, sin embargo, desde que la sorprendí untándose el cuello de blanco de plata hasta que le aventé el polvillo verde de la mano. Mis dos últimos contactos físicos con ella, porque en el lecho de muerte no me dejó acercarme, pero de eso ya le he dicho que no quiero hablar.

En el funeral me llegaron los rumores que corrían: había muerto envenenada y la mano asesina, la que había instilado aquella ponzoña en su copa en la noche de la última fiesta, era la misma mano anónima de los incendios, un castigo del pueblo, entonces, o era su mano de usted, don Manuel, aguijoneado desde La Granja por la Reina, un castigo desde lo alto, entonces (33). ¿Cree usted que yo hubiera debido presentarme a la policía y decir lo que sabía: que un veneno había desaparecido, un vaso había sido lavado con diligencia, y que ella había jugado en mi estudio y después en palacio con la idea de morir de amarillo de Nápoles o de blanco de plata? ¿Qué hubiera probado mi declaración? ¿A qué hubiera conducido? A una investigación, tal vez... (La hubo igual pero yo no lo supe hasta después.) ¿Y qué podía resultar de eso? ¿Probar que había un veneno mortífero perdido en el palacio? Un escándalo, el afianzamiento de unas sospechas que yo sabía calumniosas... ¿Pero para qué seguir buscando razones? Yo callé por una razón sola, que para mí era irresistiblemente poderosa, que me ha hecho callar veinte años. Callé porque su muerte era un secreto entre ella y yo. El último. Acaso... el único.

Volví a palacio, a mi taller; los herederos, pues ya se había abierto el testamento, me habían encargado un mural para su mausoleo. Allí supe que había habido una investigación. Pero a sus resultados negativos, se sumaba que ninguno de los de la casa aparentaba prestar el menor crédito a los rumores (34). Me encerré y me dediqué a mi trabajo. Venciendo mi repugnancia, me armaba de tenacidad y abocetaba el mural. En medio de toda la tragedia sólo había hallado un consuelo: su testamento incluía un legado para mi hijo Javier, como obligación impuesta a los herederos de por vida (35). Y la satisfacción no nacía tanto del legado mismo como de que el testamento había sido otorgado por ella en Sanlúcar, en febrero de 1797, o sea en el momento más dichoso y pleno de nuestras relaciones, y sin embargo, mis celos, la ruptura, la separación, mis impertinencias, mis... "caprichos", por así decirlo, no la habían llevado nunca a revocar el legado. Así era de fiel, de entera, más allá de lo que yo, ciego de mí, había experimentado como infidelidades y carencias.

Trabajaba yo una tarde en el boceto, cuando apareció en el taller Pignatelli, que había cambiado radicalmente su actitud para conmigo desde que ella había muerto y me trataba ahora con un cariño profundo y triste que era una forma, creo, como otras tantas que practicábamos, de mantenerla viva en palacio. Vino a decirme que el legado de Javier habían empezado a efectuarlo aquella misma mañana, y que ellos, los herederos, estaban empeñados en cumplir con la más pasajera expresión de voluntad que ella hubiera manifestado; en consecuencia habían convenido hacerme entrega de un vaso de cristal que ella usaba en sus paseos, y que de acuerdo a Catalina, y a Bargas el tesorero, ella había recomendado en diversas ocasiones que debía pasar a mi poder si moría antes que yo. Era un recuerdo póstumo. Habían resuelto, pues, cumplirlo. Yo sabía de qué vaso se trataba. En él habíamos bebido los dos, por primera vez, camino a Sanlúcar, en la primavera de 1796 y eso había sido el dulce inicio de otras intimidades. Recordaba también que ella había manifestado su deseo ante sus familiares, provocando mi sonrojo, como si todos supieran el porqué de mi encaprichamiento con el vaso. Seis años habían pasado, una ruptura, una muerte, y ahora me volvía esa prenda de un pasado de fugaz pero completa felicidad. Acepté el generoso ofrecimiento. Pignatelli me dijo antes de marcharse, tras algún comentario sobre mi trabajo: "Hable con Catalina, don Fancho, ella tiene el vaso." En ese momento no pensaba en otra cosa que en aquel alto en el camino, cerca de Écija, en la merienda bajo los árboles, lejos del capellán y de Catalina, en ella bebiendo en el vaso con su boca carnosa y sonrosada y alzando los ojos hacia los míos y tendiéndome el vaso y diciéndome: "Goya, beba..." Todavía entonces no me decía Fancho (36).

Esa noche busqué a Catalina en las habitaciones de la planta baja y ella, atareada como estaba —siempre lo estaba— dejó sus ocupaciones y se ofreció a darme el vaso. Me llevó por los pasillos hacia la capilla y antes de llegar a ella se detuvo ante una pequeña puerta, sacó su manojo de llaves, escogió una y abrió. Si la puerta era pequeña, la habitación que encerraba no lo era. Era una suerte de fantástico bazar en que se acumulaban todas las riquezas con que se había de ornar el palacio, y que ella había ido arrebatando a otras de sus moradas, comprando en subastas, adquiriendo a anticuarios o encargando a París, a Milán, a Venecia y hasta la lejana Estambul. No voy a describirlas, aunque lo merecieran. Pero imagínese usted, don Manuel, todo el fasto imaginable de tapices, porcelanas, esmaltes, armas y relojes, estatuas de mármol, cuadros, cristales, lámparas, divanes, pebeteros... (37). Catalina abrió una alacena; en ella se ordenaban vasos de cerámica, porcelana y vidrio, piezas únicas, que no formaban juego, y en las que se podía encontrar de todos estilos, formas y colores. "¿Era éste, verdad?" —dijo Catalina, poniendo las manos sobre el que era, en efecto, el vaso que ella usaba en las meriendas campestres, un vaso de Baviera, creo, de grueso cristal adiamantado blanco y rubí, pero mis ojos ya estaban imantados por otro que acababa de ver en un estante superior: un vaso azul y oro, veneciano, con ricos esmaltes... Nunca en mi vida mentí con más aplomo. "No, es ese de ahí, el azul —afirmé—, yo estaba presente cuando se lo regaló el Nuncio y mostré tal entusiasmo por él, que ella me lo hubiera dado ahí mismo, me lo dijo, si no hubiera sido ofensivo para el prelado." Había parte de verdad en la afirmación —yo había presenciado el acto del regalo, había admirado la pequeña obra maestra— pero no creo que esa parcial verdad haya dado suficiente verosimilitud a mi mentira. Catalina, que era persona de una sola pieza, y creo que daba por sentado que yo también lo era, me miró desconcertada, pero no más que un instante. En seguida tomó una resolución, cogió el vaso veneciano y lo puso en mis manos. "Pues aquí está —dijo—, su voluntad fue que usted lo tuviera." El pleito estaba zanjado.

> (Goya, de repente, es un anciano. Acabado, doblegado, temblequeante. El recuerdo del robo del vaso lo ha vaciado de su energía, como si en aquel momento, por haber canjeado el vaso del amor por el vaso de la muerte, hubiera empezado a morir él mismo. Vuelve a hablar y se diría que hubiera adivinado sus pensamientos. Nunca lo he visto más viejo.)

Cambiando el vaso, yo había renunciado a un secreto muy dulce, compartido con ella, por otro secreto también compartido, pero aciago; y la posesión del vaso, que escondí en mi estudio de la vista de todo el mundo, fue un poco un cáncer durante aquellos meses de total abatimiento, en que no pude volver a coger un pincel como no fuera para la desesperante pero irrenunciable tarea de terminar el mural de su panteón (38). El silencio en torno mío se había hecho más denso que nunca, porque nacía y se alimentaba de mi privación sin consuelo, de mi horror. Hasta que algo vino a sacarme de mi parálisis. Presentóse en mi estudio, un día de aquel duro invierno, y con la pretensión de que hiciera su retrato, un médico militar llamado don José Queraltó. Yo le conocía poco, y mi primera reacción fue negativa, pero cuando ya estaba por marcharse recordé repentinamente que había ganado un gran renombre como experto en cosas de la farmacología y de la química, y me di cuenta de que era el hombre que yo necesitaba. Acepté el encargo. Cuando convinimos el precio del retrato él ignoraba que a mis honorarios habría de añadir un pequeño peritaje de su especialidad. Saqué el vaso de su escondite y volví a examinar su fondo, el poso que el tiempo había ido resecando y que era casi invisible. Yo no había querido recurrir a los médicos de mi casa; la mentira que debía pergeñar hubiera resultado demasiado flagrante. Y por supuesto tampoco había querido involucrar a Bonells o a Durán. Ahora, inesperadamente, el problema se resolvía solo. Una tarde me presenté en casa de Queraltó con el vaso envuelto en un lienzo. Le conté una historia de un niño travieso y un juego imprudente con mis colores; yo había lavado luego el vaso, pero temía que algo quedara en su poso, que alguien pudiera beber en aquél e intoxicarse. Queraltó, con un bisturí, recogió un poco de materia y la depositó en la misma lente de la lupa con que la había observado. A la siguiente sesión me dio el resultado. Era arseniato de cobre casi en estado puro. Me aconsejó: "No lo use para beber, Maestro. Al fin y al cabo es un vaso demasiado precioso para darle un uso doméstico, ¿verdad?"

Por ese mismo mes de enero recibí otra visita. Manuelita Silva, la flamante Condesita de Haro, apareció en mi estudio en compañía del Conde su marido deseando también que la retratara. Era, también eso, una decisión de los herederos de su prima, el cumplimiento de un deseo varias veces manifestado: que el retrato que yo le pintara fuera su regalo de boda. Ésta se había realizado en su fecha prevista, si bien con la mayor intimidad, por el duelo que los Silva debían a su ilustre pariente; pero ahora, pasados seis meses, venían por su regalo póstumo. La circunstancia era tal que me hacía muy difícil negarme. Era un deseo de ella y yo no podía poner obstáculos a su cumplimiento. Pero, además, lo confieso —y no sé si influido por la reciente confirmación que había obtenido de boca de Queraltó— pesó en mí que fuera Manuelita quien me lo pidiera, Manuelita, cuyos ojos amedrentados y llorosos yo nunca había logrado desligar del todo de la fugaz desaparición del vaso y de su limpieza inexplicable. De modo que también esta vez, una segunda vez en aquel año, accedí, acepté el encargo. Con una sola condición: el retrato debía pintarlo en mi estudio, puesto que los médicos me prohibían exponerme a los fríos del invierno. Lo de los médicos era una nueva mentira, Manuelita se avino a posar en el estudio varias tardes, y desde la primera de ellas, el vaso azul y oro estaba sobre mi mesa de trabajo, bien a la vista, y de modo que desde mi lugar yo no dejaría de ver el efecto que su descubrimiento iba a causar a la muchacha.

Lo vio durante la primera pose; su boquita aniñada se abrió en un rictus de estupor, sus mejillas se tiñeron de rosa, sus pupilas se achicaron como para verificar que la vista no la engañaba, y le costó luego mantener la pose, los ojos fijos en mí bajo su tocado helenizante, como habíamos convenido. No pasó demasiado tiempo sin que pretextara algo, un problema con su estola de gasa, creo, para levantarse de su silión y casualmente acercarse a mi mesa a confirmar su primera impresión. Ya en la sesión siguiente no se contuvo, y antes de pasar a la antecámara a cambiarse, me preguntó de sopetón: "Ese vaso, ¿no es igual a uno que tenía prima Cayetana?" Yo tenía preparada mi respuesta: "Es el mismo. Me lo legó al morir. Estaba sobre su tocador el último día. Ella había bebido de él, pero nunca se pudo comprobar en qué consistía la bebida, porque una mano solícita lo cogió y lo lavó antes de que ella muriera." Era una nueva mentira. La policía nunca se enteró de la existencia del vaso. Pero mis palabras bastaron para que la tierna criatura posara luego toda la sesión en un estado de permanente nerviosismo, con los ojos yendo y viniendo del vaso a mí y de mí al vaso, inquisitivos, y por más que me empeñé nunca pude evitar que el retrato tradujera, dentro de la dulzura del rostro de la niña, esa tensión en el cuello largo, esa aprensiva inquisición en los ojos oscuros (39).

El día de la última pose, cuando ya se marchaba, cambiada a su invernal traje de calle y a una pequeña capota que la hacía aún más niña, no pudo contenerse más y cayó sentada en un taburete, retorciéndose las manos por dentro del manguito de piel. "Tengo que contárselo a alguien y prefiero que sea a usted, don Fancho. Usted la quería tanto como yo. Usted tiene el vaso y me parece que ya ha adivinado algo." Yo me había arrodillado ante ella, rogándole con mi sola actitud que, ya que se había decidido a hablar, lo hiciera de modo que no perdiera yo una sílaba. Llevó el manguito hasta la barbilla y habló. Parecía una niña que confesara una travesura, haber robado unos chocolates o roto algún adorno.

"¿Recuerda que Cayetana quiso vernos a los dos antes de morir, don Fancho? Pues bien, apenas entré en la alcoba, se incorporó, hurgó entre las almohadas, extrajo una cajita de rapé y la puso en mis manos. Me dijo: «Hazla desaparecer, arrójala donde quieras, quémala, pero que nadie la vea. Nadie.» Cogí la cajita, temblando. Estaba impresionada por su aspecto cadavérico y por la intensidad con que me hablaba. Me di cuenta de que era la última vez que vería a Cayetana. ¿Cómo era posible semejante descomposición en el término de una noche? «Es una medicina que he estado tomando a espaldas de los médicos», me dijo, «y esos tontos terminarán diciendo que me he envenenado». De modo que era eso, pensé. Veneno. Eso lo explicaba todo. Desde ese momento ya no puse en duda de que prima Cayetana se había..." No pudo pronunciar la palabra, tal era su miedo, su congoja. Respiró con dificultad, angustiada. "Yo había quedado muy asustada la noche anterior: toda aquella escena en su taller, tan exagerada, a propósito de los venenos; luego el episodio de la tea, en que realmente parecía empeñada en poner fuego al palacio; pero sobre todo al final, cuando se fue sin despedirse de nadie, subiendo aquella escalera como quien sube al patíbulo... Yo no había podido conciliar el sueño, tan afectada había quedado por su abatimiento, por su soledad. Y mientras tanto ella había ingerido ese veneno que ahora tenía yo en mis manos, dentro de aquella cajita de apariencia inocente... Las ideas se me agolpaban en la cabeza. Creo que ya entonces recordé aquel vaso sobre el tocador que usted, don Fancho, contemplaba con tanta aprensión... Y la vi, como en un halo luminoso, echando lentamente el veneno en el vaso cuando nosotros todavía estábamos subiendo a nuestros coches... «¿Qué te ocurre? —me preguntó—. ¿Harás lo que te he pedido?» Y cuando la tranquilicé y le dije que lo haría, me despidió. «Ahora vete —dijo—. No sé si me pondré buena para tu casamiento, pero por Dios, no vayáis a postergarlo por mí. Me encanta tu novio. Es apuesto, distinguido e ingenioso. Si yo tuviera diez años menos, no serías tú la que lo hubieras enamorado. Anda, vete, y sé feliz, niña mía.»" Yo mismo cogí el pañuelo que Manuelita había sacado de dentro del manguito y le sequé sus lágrimas sobre la sonrisa que volvía a provocarle la burla afectuosa de su prima. Ella concluyó con suma gravedad: "Cuando salí a la antecámara, lo primero que vi fue el vaso, y en sus ojos, don Fancho, con certeza, que usted sabía la verdad, por más que yo mantuviera oculta la cajita en mi puño cerrado. Usted también quería hacer desaparecer el veneno. Pero tuvo que entrar al dormitorio, y entretanto Catalina y el médico salieron y yo quedé sola allí, con el vaso. No había tiempo que perder. Me eché sobre los hombros el chal de Cachemira que ella había usado la víspera y escondí el vaso, junto con la cajita, debajo del brazo. En un rincón apartado de la sala de los espejos, pude enterrar la cajita y vaciar el vaso en la tierra de una quencia. Nadie me había visto. En aquel momento apareció mi novio... mi marido, y fuimos juntos al cuarto de Cayetana. Todo el mundo se apiñaba allí, se agitaba, hablaba a media voz. Ella se estaba muriendo. Ni yo misma sé cómo ni en qué momento repuse el vaso en su sitio. Sólo sabía que había cumplido con su último deseo. Y cuando me encontré con su mirada, don Fancho, quise decirle con la mía: ya está, está hecho, como ella quería. Es un secreto entre ella, usted y yo. ¿No me equivoco, verdad? ¿También usted cree que prima Cayetana se envenenó?"

Le mentí. Le dije que no lo creía. Que toda su historia del vaso eran imaginaciones, que yo sólo había advertido que ella había limpiado el vaso, pues se lo había visto dejar sobre el tocador. Y que la cajita de rapé —y aquí no tuve necesidad de mentir— guardaba unos polvillos que yo conocía y que no daban la muerte. No dijo nada más, como para no quebrar el frágil e improbable milagro de mis palabras. Se secó las últimas lágrimas, se compuso el flequillo, metió las manos en el manguito, se puso de pie. "Adiós, don Fancho", musitó. Y se fue. Prefería aceptar sin discusión mi versión de los hechos que seguir pensando que su querida Cayetana se había matado. Aunque sabía que no se iba muy convencida, creo que de todos modos la envidié por su engaño. No volví a verla. Dos años después supe que había fallecido a consecuencias de un parto. Pobre y dulce niña. También el médico Queraltó murió por entonces, ¿sabe usted? Ese vaso parecía conservar sus poderes maléficos. Salvo a mí, acababa con todo aquel que lo tocara. Pero no me haga caso. Soy supersticioso, como buen campesino (40).

Con las últimas pinceladas al retrato de Manuelita, se cierra mi historia, don Manuel. Ya sabe usted todo. Excepto, quizá, las razones profundas de mi conducta, las que tuve para callar durante más de veinte años y para querer hablar ahora. ¿Por qué callé? Por ese pacto misterioso que se estableció en torno al vaso, mientras ella agonizaba en la habitación contigua... Por ese secreto que ella me confió sin decírmelo... Ilusión de enamorado, si usted quiere. Como si en el momento de alejarse de mí hubiera hecho un gesto —de reconocimiento, de complicidad, de gratitud— que me dejaba el consuelo de ser su destinatario, de haber compartido ese último movimiento del corazón. Pero ella quería, exigía el secreto. Como lo probaba incluso el extraño afán por hacer desaparecer los inocentes polvos de los Andes, si es que en su delirio no había confundido un veneno con el otro. ¿Y por qué he querido contárselo ahora? El tiempo ha pasado. La herida se ha cerrado. Ya no necesito asirme de aquella fantasía. Y debo pensar en esos pobres reyes que cargan ya con demasiadas culpas que no eran suyas, en usted también. Usted, que va a escribir sus Memorias, que tiene el deber de hacerlo, que va a tener en sus manos limpiar la fama de la Reina de toda la basura con que la han ensuciado...

(Goya sigue hablando. Lo escucho a medias. Tal vez no creo demasiado en lo que me dice. Me pregunto cuál es la verdadera y profunda necesidad que lleva a Goya a romper el pacto...)

Tenemos que poner orden en nuestras cosas antes de morirnos, don Manuel. Desembarazarnos de algunas, también. Ponerle fuego a otras. Como ella, con su tea.

(Goya mira fijamente la llama de una vela que se consume.)

NOTAS

(32) Catalina Barajas, criada de cámara de la Duquesa y, como ya vimos, uno de sus siete herederos.

(33) Conviene dejar sentado de una vez por todas que la muerte provocada por veneno era moneda corriente en la Europa de aquellos tiempos. Sin remontarse a la leyenda negra de los Borgia, que incluye un papa envenenador, o al caso Paracelso o al famosísimo "affaire des poisons" que conmovió a Francia en 1679 y en que se vio implicada la propia Mme. de Montespan, amante de Luis XIV, en la misma Corte española de fines del XVIII y comienzos del XIX hay por lo menos cuatro casos en que corrieron serios rumores de envenenamiento: un intento contra Jovellanos (1797); la muerte de la Duquesa de Alba (1802); los prolongados y vivos temores de la Reina María Luisa, como ya hemos visto, de vivir en continuo peligro de ser envenenada por su nuera María Antonia de Nápoles y por instigación de sus consuegros (1802-1805); la propia muerte de la Princesa María Antonia, achacada

según las murmuraciones a su suegra que al fin habría hallado así una salida a sus propios temores (1805). En fecha no muy lejana (1791), en Viena, nada menos que Mozart temió en su agonía haber sido envenenado y la posteridad no ha descartado que su asesino fuera el Maestro Salieri, Maestro de Capilla del Emperador. En esos tiempos, la muerte por envenenamiento era conocida en la Corte austriaca por "el mal italiano".

(34) Según algunas crónicas las sospechas por la muerte de la Duquesa alcanzaron a sus siete herederos que, en una improbable asamblea, se habrían puesto de acuerdo para eliminar a la testadora. O Goya no conoció ese extremo, o lo había olvidado en 1825. Él parece obsesionado sólo por el hecho de que la sospecha había recaído en la Reina y en Godoy; es lo que explica mejor su tarda confesión.

(35) En efecto, en el testamento cerrado que otorgó la Duquesa aparece Javier, hijo del pintor, como beneficiario. Se le declara legatario con la carga número 16 y última que se imponía a sus herederos: la de dar "al hijo de don Francisco de Goya, diez reales diarios de por vida".

(36) Existe una carta de Marianito, el nieto de Goya, hijo de Javier y Gumersinda Goicoechea, a Carderara, a quien recurría a veces para venderle alguna antigüedad con que socorrerse. Dice la carta: "Muy señor mío; allándome escaso de fondos y sabiendo lo aficionado que es Ud. a cosas antiguas le remito un vaso que es el que siempre usaba en biages y días de campo la an-

tigua Duquesa de Alva, Da. Ma. Teresa de Silva. Ésta se lo dejó a mi abuelo a su muerte pa.que lo conservara como memoria." Por lo que se ve, Goya, en el ámbito familiar, justificó su posesión del vaso veneciano con las razones que le permitieron apoderarse de él, pero que en realidad valían para un vaso distinto.

(37) Bien se lo puede imaginar don Manuel, que adquirió algunas de las piezas más ricas del tesoro de la Duquesa. ¿Es posible que Goya lo hubiese olvidado?

(38) El mural ha desaparecido de su lugar originario: el panteón de la Duquesa en la iglesia de los Padres Misioneros del Salvador, conocida como iglesia del Noviciado. Sólo queda un boceto, probablemente el que estaba pintando Goya cuando apareció Pignatelli a ofrecerle el vaso.

(39) El estudio del retrato de la Condesita de Haro confirma con exactitud las palabras de Goya: pese al encanto innegable de la joven modelo, aparecen esa tensión y esa aprensión en el cuello y los ojos.

(40) Efectivamente, tanto la Condesita como el médico Queraltó, pintados, es de suponer, a comienzos de 1803, todavía en pleno invierno, murieron ambos en 1805, desapareciendo con ellos dos de los tres testigos que algo podían decir del vaso envenenado. Fuera de un probable asesino...

Mi relato

I

DEJÉ BURDEOS A LA MAÑANA SIGUIENTE.

Hice llamar al cochero y al postillón cuando todavía no eran las cuatro. El primero, sin duda, dormía la mona. Se levantó contrariado, balbuceante y lento de entendederas. No llegaba a comprender que nos marchábamos y que había que enjaezar a las caballerías y cargar el equipaje. El postillón no estaba en la fonda; llegó apenas a tiempo de montar en su caballo y partir. Durante toda la primera jornada aprovecharon los dos la menor ocasión de cerrar los ojos y echar un sueño, así fuera un instante, mientras yo, que tampoco había dormido, seguía insomne, alterado, asaltado sin descanso por las imágenes que el viejo había sabido despertar con su evocación de aquella noche en Buenavista; un palacio que yo había llegado a habitar varios años sin que nunca los recuerdos se me hicieran tan vivos y acuciantes como ahora, tanto tiempo después, instigado por la memoria martirizada de don Fancho (1).

No hubiera valido de nada volver a encontrarme con él, si no hubiera sido para sentarlo delante de mí y decirle: don Fancho, está equivocado, ha vivido engañado todos estos años, no se atormente más. Cayetana no se suicidó, la mataron. Pero yo no podía decírselo, si no le decía toda la verdad, si no le contestaba su relato con el mío, tan semejante y tan distinto, la misma historia en contraluz, la misma pero otra, el haz y el envés de los sucesos, el verdadero crimen agazapado en la sombra, peso insostenible del árbol del conocimiento, fruta que tal vez sólo yo había mordido... aparte del asesino. Pero yo no podía decirlo. No hice más que dejarle una breve misiva de despedida. El postillón la deslizó bajo la puerta de la Maison Poc.

De modo que ya estaba atravesando de nuevo la Francia, en dirección de Niza, encerrado en mi coche, ciego ahora a las bellezas del paisaje, a las amenidades de la Provenza, a la grandiosidad del paisaje que había cobijado a Pío VII, a todo lo que se me ofrecía en el camino que no fueran mis obsesivas reminiscencias de aquel sarao en el palacio de Buenavista. Pero mis recuerdos se remontaban, irresistiblemente, más atrás, hasta el origen de la tragedia. Hasta 1797.

Habían sido, pese a algunos nubarrones en el horizonte, tiempos apacibles para España. Se había conseguido la paz de Basilea, se había firmado con la Francia el tratado de San Ildefonso. Yo lograba, por entonces, ya como Príncipe de la Paz, dar un sesgo ilustrado a mi gobierno; incluso había obtenido la designación como Ministro de un hombre tan difícil de digerir por los estómagos de la reacción como el insigne Jovellanos. Los negocios del Estado me apasionaban y a ellos dedicaba sin tasa mis energías, y sin embargo, mi vida personal se había visto por entonces harto conmovida y más enmarañada que un puñado de cerezas. Un año antes había conocido a Pepita Tudó y mi amor por esa muchacha, toda donaire y vida, había ganado terreno a la prudencia. Nadie en palacio, ni los propios Reyes —¿es preciso decir que la Reina fue la primera en adivinarlos?— ignoraba los lazos de intimidad que muy pronto me unieron a la endiablada gaditana. Y sin duda fue esa indiscreción que precipitó la realización de un viejo y vago proyecto de los Reyes: el de casarme por encima de mi rango y emparentarme a la Corona por otros vínculos que los que tan sólo por el afecto y por la confianza me estrechaban a las propias personas reales. Así me vi, un poco sin comerlo ni beberlo, casado de la noche a la mañana con la pequeña María Teresa Borbón y Vallábriga, prima hermana del Rey; con la Mayte de los malestares y los desmayos (2).

Pero era yo tan vital y optimista en aquellos tiempos que estas complicaciones no me afligían. En el fondo, luego vi que equivocadamente, quería yo sacar el mejor partido de todo, y disfrutar a un tiempo del amor de Pepita, del encumbramiento que me significaba mi matrimonio, y de la confianza constante de los Reyes, a cuya propia vida doméstica en palacio yo me había naturalmente incorporado con el paso de los años. Milagrosamente, el tiempo y las energías me daban para todo: para cumplir con mis deberes conyugales sin renunciar a Pepita y sin sacrificar mi vida personal dedicar todo el tiempo que ellos deseaban a los Reyes, y todo eso trabajando de sol a sol y a veces hasta medianoche en mi despacho. Quizá, simplemente, tenía yo un cierto arte para mezclar las obligaciones y los afectos y éstos entre sí aunque parecieran irreconciliables. Portentosa época aquélla, pletórica.

Y amarga en comparación con este destierro y esta decadencia, esta soledad y este abandono, estos suplicios de ahora (3).

Pero retrocedo otra vez cincuenta años, a aquel animado y gozoso 1797 de mi España y mi juventud. En la placentera rutina de palacio, sólo se proyectaba una sombra: Fernando, el primogénito, dejaba de ser el niño apagado y aprensivo que había sido para convertirse en un adolescente caviloso y hosco, que daba muestras cada vez mayores de desapego hacia sus padres y hasta ciertos indicios de recelo y hostilidad; y el amor, día a día más atribulado y afanoso que le profesaban Sus Majestades, no parecía vencer esas resistencias sino aumentarlas, ni sus manifestaciones servir para otra cosa que para moverlo a desaires o desprecios. Don Carlos se agraviaba y dolía; doña María Luisa, lacerada por su intuición de fémina, vislumbraba la gravedad del problema, si bien no por cierto el desastre, no sólo familiar sino nacional, en que todo ello derivaría diez años después (4).

Durante un tiempo, y coincidiendo con los primeros signos de la pubertad de Fernando —que en verdad se iba presentando en forma asaz laboriosa e ingrata— nos consolaba a todos un poco que el muchacho, a medida que se apartaba de sus padres, fuera dando muestras de un creciente apego hacia mí, como si yo fuera, en su despertar a la virilidad, el modelo que él hubiera escogido, más por un movimiento de sus anhelos juveniles que por una deliberación de su inteligencia. Pero el hecho es que, a veces hasta con cierta porfía y exageración, Fernando procuraba mi compañía, se complacía en hacerme infinitas preguntas e incitarme a narrar historias, imitaba mi comportamiento y mi manera de vestir, y aun trataba de inmiscuirse en mi trabajo o deslizarse subrepticiamente a mi lado en las caballerizas, en los vestuarios, en el frontón o el casino, como si se hubiera impuesto un aprendizaje en el mundo másculo que complementara las enseñanzas piadosas de su preceptor, el padre Escóiquiz. Tan incondicional era el aprecio en que sus augustos padres me tenían, que llegaban a ver de algún modo compensado por esa inclinación del Príncipe hacia mí, el ostensible rechazo de que a ellos iba haciéndolos objeto. Hasta que, repentinamente —entonces supuse que por alguna torpeza involuntaria de mi parte, hoy sé a ciencia cierta que en virtud de la maliciosa influencia de Escóiquiz—, un día Fernando cesó de buscarme, de imitarme, aun de hablarme, y me hizo víctima manifiesta de un aborrecimiento mucho más señalado que el que parecía experimentar hacia sus padres. Los Reyes se sintieron apesadumbrados; yo prefería sufrirlo en silencio, en espera de que se pasaran aquellas mudanzas y contrastes de un capricho adolescente (5).

Estos inquietantes sucesos no afectaban mi antigua amistad con la Reina, antes la fortalecían. Realmente tan sólida, tan inconmovible en sus fundamentos y en su activo y permanente pábulo era esa amistad, que entiendo sea difícil para ojos extraños imaginarla sobreviviendo como sobrevivió a todas las trágicas vicisitudes a que estuvo expuesta durante más de seis lustros, hasta alcanzar indemne al último aliento de mi egregia amiga, exhalado al cabo de sus últimas protestas de lealtad y de gratitud hacia mí (6). Menos dramático, aunque también singular y quizá más significativo es que, hacia la época a la que me estoy refiriendo, haya superado también el escollo de lo que podía entenderse por mis veleidades: la aparición de Pepita en mi vida y la presteza con que acepté que me casaran con Mayte. Doña María Luisa era mujer, si apasionada, excepcionalmente juiciosa y comprensiva, y supo salvaguardar la singularidad y profundidad de nuestro afecto de toda circunstancia aparentemente adversa. Fue, por encima de todo vínculo, por encima incluso del sagrado lazo que unía a la valedora y al valido, una amiga y una madre. Vayan estas palabras como homenaje a aquel afecto inquebrantado, a aquella gran mujer que —lo sé— sabrá desde su lugar junto al Altísimo comprender una vez más y perdonar una vez más: el que yo me vea ahora, por la obligación que me he impuesto de escribir esta Memoria, en el trance de referir algunas de nuestras intimidades.

Mis encuentros con doña María Luisa, aparte de nuestra diaria y casi constante frecuentación en presencia del Rey, tenían lugar en aquellos aposentos, que, en el ala izquierda del palacio, estaban siempre dispuestos para mi reposo a cualquier hora del día. De esos aposentos sólo teníamos llave yo mismo y mi ayudante de cámara, quien se ocupaba de tenerlos aseados y en orden y con mudas de ropa blanca y las bebidas o las frutas o confituras que a mí se me antojara tomar tras las breves siestas que me concedía a lo largo de mis durísimas jornadas. La propia Reina tenía su llave, por supuesto, y esto, sospecho, era un secreto a voces; pero no la usaba ella a discreción, sino tan sólo los días y las horas prefijados, que eran los martes y los viernes a las seis de la tarde. Ésas eran las tardes que todas las semanas del año, el Rey, en extremo metódico como era, dedicaba a su propio esparcimiento personal: la carpintería. El viejo Maese Bertoldo, admirable artesano italiano, que había tenido a su cargo la dirección de los trabajos de ebanistería de la Casita del Labrador, en Aranjuez (7), venía a palacio en esos días y dirigía los trabajos del Rey en el taller que éste se había hecho construir a ese propósito; y aun cuando la Corte no estuviera en Madrid, como ocurría muchos meses al año por las largas temporadas que pasaba en La Granja o El Escorial o el propio Aranjuez, Bertoldo viajaba como uno más del séquito, tan adicto era Su Majestad a sus enseñanzas y a su distracción de martes y de viernes. Por modo que si se daba que yo también estuviera habitando cualquiera de esos palacios, mis entrevistas con doña María Luisa se celebraban, al igual que en Madrid, en los cuartos que se me hubieran allí asignado para mi alojamiento. Sólo la enfermedad de alguno de los dos, o algún inaplazable compromiso diplomático, o la guerra misma, nos obligaban a suspender las citas. Pero, por lo general, debo decir que lo óptimo de nuestra salud, lo desahogadamente que la Reina postergaba al más encopetado embajador, y la brevedad de las guerras de aquellos años, hicieron raros los martes y los viernes en que no se produjeran nuestros clandestinos encuentros.

Y ahora, para cabal entendimiento de la historia, no tengo otro remedio que explicar al lector en qué consistían esas entrevistas y en qué atmósfera se desenvolvían.

Allí dentro, en mis aposentos, dejábamos de ser Su Majestad y Manuel, y nos transformábamos, por mágico avatar, sólo en Malú y Manú. Eran los motes afectuosos de nuestra secreta intimidad, inventados casi desde sus comienzos. Recíprocas y tan semejantes invocaciones nos aproximaban, nos impregnaban a uno del otro, nos identificaban por encima de todas las diferencias, incluida la del sexo. Malú y Manú eran amigos, hermanos, cómplices, compinches, camaradas, cofrades únicos de una logia sólo por nosotros y para nosotros constituida, gemelos de un solo óvulo, idénticos, inseparables e indiferenciados, canjeables. En la cámara de alto techo, con las celosías bajas, y una luz gris y tenue para envolverlos y amparar sus juegos, que eso eran, juegos, y dudo que alguien alcance siquiera a comprender o admitir su esencial inocencia, Malú y Manú nacían todos los martes y los viernes a las seis de la tarde, al pasar yo la llave de la puerta que acababa de cerrar tras de mí y acercarme al vasto lecho blanco, umbrátil bajo las puntillas del dosel, donde Malú esperaba, despojada, expectante y feliz, el primer signo de reconocimiento y de saludo. Y tras los primeros holgorios, los mimos, las risas, el uso de todo un código sólo por Malú y Manú inventado, conocido y consagrado, llegaba al fin la pregunta que iniciaba el gran juego: "¿Quién quiere Malú que la visite hoy?" Pregunta que, aunque era de rigor la hiciera Manú, podía hacerla Malú misma si era día de languidez o de pereza y prefería no tomarse el trabajo de elegir esa vez la identidad de quien había de visitarla. Que no era otro que Manú bajo uno cualquiera de los disfraces que se guardaban en la antecámara: el elegido, claro, por Malú o por él mismo según quien pronunciara el abracadabra.

El origen de los disfraces se remontaba a doce años antes. Yo era entonces guardia de corps de don Carlos III, y arrastrado por mi hermano Luis acudí un sábado de Carnaval a un baile de máscaras que patrocinaban, de forma más o menos extraoficial, los entonces Príncipes de Asturias, a quienes aún no había tenido el inmerecido honor de conocer. En una ropería de cómicos del barrio de Lavapiés me agencié un disfraz de juglar, algo raído, pero de rico terciopelo carmesí y largas calzas blancas de seda —que resaltaban casi en demasía la vigorosa musculatura de mis piernas— y provisto de un laúd de utilería, acudí a la fiesta. Fue allí que me divisaron, por vez primera, los ojos avizores de mi señora doña María Luisa, y como ella y don Carlos ya habían distinguido con su protección a mi hermano Luis y lo vieran entretenerse conmigo, no tardé en ser llamado a su presencia, y ése fue no sólo el origen de los disfraces sino el momento que marcó, para siempre, el rumbo de mi existencia (8). La Princesa no quiso olvidar nunca aquella primera imagen que de mí había tenido —el jubón, el birrete con la pequeña pluma verdinegra, las calzas, el laúd— y se divertía diciendo que mi uniforme de la Guardia Real no era, en última instancia, más que otro disfraz igual que aquél y que ella debería descubrir algún día cuál era el verdadero Manuel, si el juglar o el húsar, que así se entretenía motejándome.

Tres o cuatro años más tarde, ya muerto Carlos III y ella Reina, por tanto, y yo capitán, acompañé una tarde a Sus Majestades a la plaza, para ver torear al eximio Pepe Hillo, y como yo secreteara al oído de la soberana mi admiración por la estampa del matador y por su riquísimo traje de luces, cuál no sería mi sorpresa cuando días más tarde trajo un mensajero a mi cuarto una caja primorosamente envuelta, de la cual, no sin emoción y maravilla, extraje otro traje de luces aún más espléndido que aquel que había envidiado al torero, cuajado de azabaches y madreperla en un encaje de rojos y de rosas y de negros, verdadera joya de exquisita artesanía, acompañado por una breve esquela que rezaba: "Para Manuel, matador secreto, que sabrá estoquear a la indómita vaquilla." La esquela no traía firma, pero la intención y la oportunidad del regalo, por no hablar de su largueza, harto declaraban su alto linaje. Más o menos en aquellos días, nacieron Manú y Malú.

El disfraz de torero no fue más que el primero de una larga serie. No pasaba mi santo o mi cumpleaños, sin que —ya con la firma de Malú— un nuevo disfraz se añadiera a mi guardarropa; también con la tierna signatura me llegaban cada primavera, cada verano y cada otoño de Aranjuez o de La Granja o del Escorial, las nuevas invenciones con que Malú distraía sus ocios auxiliada por el refinado artificio de sus sastres y costureras, y que enviaba a su Manú, atado casi siempre como estaba a las temperaturas extremas de Madrid por causa de sus tareas de gobierno. De tal modo fueron sumándose en la antecámara, trajes y trajes hasta formar toda una extravagante teoría en las perchas de los armarios: al torero se sumaron el gladiador y el marinero, el cruzado y el sultán, el emperador y el abad, el pastor y el pirata, el capitán de los tercios y el caballero templario, el mandarín, el rajá de la India y el humilde jardinero del convento, sin contar con los personajes que proporcionaba la mitología, de modo que a veces, en un año entero, alguno de aquellos personajes quedaba relegado y aburrido en los armarios, esperando en vano el honor de visitar a Malú, que por de contado tenía sus predilectos a la hora de responder a la pregunta —¿Quién quiere Malú que la visite hoy?— y salvo cuando, adelantándoseme ella misma a inquirirlo, me daba ocasión de desempolvar a algún postergado volatinero u olvidado caballero andante.

Mientras yo me retiraba unos minutos a la antecámara, el tiempo que me llevaba operar mi transformación, ella hacía la suya que siempre era más sencilla y fácil, porque, cosa extraña, detestaba Malú los embelecos del disfraz y del ornato en la intimidad y todo lo resolvía con escasos elementos: una sábana que a menudo con más ayuda de la imaginación que de la destreza se volvía túnica, hábito, clámide, rasgado traje de cautiva o de náufraga, unos peines que se tornaban en cuernos de vaquilla, en crucifijo alzado por la mártir o en el puñal de Judith para mi torero, mi gladiador o mi Holofernes, un collar que era rosario en las manos de una novicia, maneas en los tobillos de Briseida o gargantilla en el cuello de la princesa mora.

Porque en eso consistía al fin de cuentas el juego. En que a la aparición de Manú, de vuelta en la estancia, Malú esperara pronta a darle la réplica representando el personaje complementario de la bien pautada y ceremonial comedia: si Manú era el fiero y cruel Solimán, Malú era la trémula cautiva cristiana, y al contrario cuando Manú era el rudo y fanático cruzado, encontraba a Malú convertida en una altiva morisca llena de despecho y aborrecimiento; el marinero intrépido debía arrojarse al mar por socorrer a la púdica náufraga y el salaz jardinero sorprender a la extática monjita entre los rosales; el verdugo arrastraba a la relapsa a las llamas y el honrado pastor quedaba hechizado ante el espectáculo de la princesa dormida; Júpiter-Toro, con su piel y sus cuernos, raptaba a Europa entre sus patas, y Dafne se paralizaba en árbol al contacto de los dedos de Apolo; Aquiles era el único que no sabía a ciencia cierta a quién habría de encontrar en su tienda al volver de la batalla: si a Patroclo o a Briseida, según una única alternativa para el capricho de Malú (9). Y a medida que avanzaba la comedia, la identidad de los personajes se absorbía, se disolvía en una liturgia que, en todos los casos, enfrentaba el asalto, la violencia y el poder de Manú con la resistencia y la huida, el debate y la entrega —y hasta a veces la agonía y la muerte— que eran el privilegio de Malú, fuera esclava, hechicera o vaquilla. Terminado el juego, perdido el disfraz por los suelos o entre las sábanas a lo largo de su peripecia, Malú y Manú volvían a su ser, pasaban de una complicidad a otra, de la locura a la ternura, de la batalla a la conspiración, del juego del pecado al juego de la inocencia. Porque todo era, lector mío remoto, un juego.

Creo que hay un episodio que arroja una luz póstuma, a modo de epílogo, sobre esta historia de Malú y Manú. Veinte años después, anciana ya doña María Luisa, evocaba ante sus invitados italianos durante una velada en el palacio Barberini, los buenos tiempos de su Corte madrileña. Y de repente, para mi sorpresa y la del Rey, se volvió hacia mí diciendo: "Manuel, ilustremos a nuestros nobles amigos romanos con estampas más que con cuentos. Ve, viste tus antiguos uniformes, paséate ante los presentes con ellos, para que vean cómo eras, mi querido Manuel, y de ellos infieran cómo era nuestra Corte y cómo éramos todos...” Y no hubo forma de negarse. Tuve que hacer traer la media docena de uniformes de gala, de mis antiguos cargos y dignidades oficiales, que me seguían acompañando en el exilio, bien que hacía ya diez años que no los lucía, y vistiéndolos en una antecámara, desfilar con cada uno de ellos ante los ojos atónitos de los circunstantes, que proferían en medio de su embarazo exclamaciones de asombro o admiración frente al lujo y la riqueza de las guerreras, de sus charreteras y hebillas, de los sombreros empenachados —ni a los generales napoleónicos habían visto tan fastuosamente ataviados— pero sin comprender lo que realmente estaba sucediendo en aquel imponente salón del palacio romano: que Malú, rediviva, evocaba a Manú, y otros atavíos, y otros atardeceres, en aquel don Manuel sometido al ridículo de su extraña parada. No llegué a pasear todos los uniformes. Al tercero o al cuarto, un temblor empezó a agitar el cuerpo de la Reina, y algo que no se podía discernir fuera risa o sollozo se volvió raudal de lágrimas y desmayo, y hubo que llevársela a sus cuartos y la velada acabó allí. Malú había renacido por un momento, pugnando con su ardor juvenil, con su incontenible amor por el juego, como un flujo de vida irreprimible bajo los pliegues de la falda de la augusta anciana. Fue un extraño incidente, del que nunca hablamos (10). Pero las postreras palabras que doña María Luisa, unos meses después, susurró en mis oídos fueron, como no podía ser de otro modo, desde la desolación de su agonía: “¿Quién quiere Malú que la visite hoy?” Si Manú hubiera sabido hacerlo, de dulce Muerte se hubiera disfrazado en aquel oprimente crepúsculo romano.

Volvamos a 1797. Una tarde cualquiera, no era martes ni viernes, me dirigí a mis aposentos para refrescarme y descansar un rato, cuando al cerrar la puerta sentí, ante mi gran sorpresa, una voz sorda que ordenaba desde la alcoba: "Pasa la llave." Obedecí maquinalmente preguntándome cuál de los dos, doña María Luisa o yo, nos habíamos equivocado de día o por qué otro motivo había transgredido la antigua costumbre, haciéndome una visita imprevista. Me dirigí a la alcoba. Dos brazos descubiertos, asomando entre las sábanas en la penumbra del lecho, corroboraron por un instante que había habido un error, y empecé a decir: "Malú, ¿qué ocurre?", cuando las palabras se me congelaron en los labios y todo yo, en cuerpo y alma, me sentí paralizado ante lo que estaba viendo, sin dar realmente crédito a mis ojos. Fernando, el Príncipe, ocupaba el lugar de Malú, y me miraba con sus ojos saltones entrecerrados y la boca gruesa entreabierta, el labio inferior caído bajo los dientecillos grises y afilados, el superior retraído bajo la desproporcionada nariz, una caricatura de sonrisa en que se mezclaban el temor y la burla. "Su Alteza...", llegué a musitar, y sentí que un verdadero fuego me invadía la cara, mientras, sin que pudiera controlarlas, mis rodillas flaqueaban, anticipándose a una comprensión de lo que ocurría que mi ofuscada mente no alcanzaba aún. Entonces aquella boca sardónica e innoble pronunció lo irremediable: "Te estaba esperando, Manú..."

Sentí vértigo, vacilé sobre mis piernas, una náusea se alzó por el esófago como otra llama, el rostro ardía ya y las sienes, y en medio de la horrible confusión sé que vi las polainas y la ropa del Príncipe arrojadas y revueltas junto a la cama, en el suelo, y recordé que en las últimas semanas, más de una vez, Malú había sentido un rumor en la estancia y había temido la intrusión de una rata. No sé cuánto tiempo pasé en ese pánico —la sonrisa y la mirada obtusas de don Fernando, el cuerpo que ahora sabía desnudo bajo las sábanas, las prendas amontonadas sobre el tapiz persa— mientras me preguntaba, con la insistencia de un martillo golpeándome en las sienes y atenazándome la garganta hasta el vómito, si realmente había oído bien, si él había dicho Manú y no Manuel, simplemente, pero en todo caso, ¿qué hacía allí, que...? Las preguntas me afloraron a los labios: "¿Qué hace Su Alteza en mis aposentos? ¿No son horas de clase con el padre Escóiquiz?" Se rió, con su risa cortada y húmeda, como un chapaleo. "Vamos, Manuel" —dijo—. "Es la primera vez que te visito. Deberías recibirme mejor." Yo apenas estaba consiguiendo dominar el temblor de mis piernas y esa invasora sensación de asco, pero todavía no entendía, no salía de la confusión. Intenté, con la rudeza del manotón final que da un ahogado, argüir: "Tendré mucho gusto en recibir a Su Alteza, pero en otro momento. Ahora debo volver a mi despacho. Se inquietarán mis secretarios, y también por Su Alteza el pobre padre..." Hablaba demasiado, sin convicción alguna, como quien rezara un conjuro para despertar de un mal sueño. Pero la mirada fría y malévola de don Fernando no me dejaba evadirme al delirio, me traía a la terrible realidad de su presencia allí, en mi alcoba, en mi lecho. Como la de su voz helada y metálica, cuando me interrumpió: "No perdamos tiempo, Manuel, ya que se inquietan esperándonos. Yo también quiero jugar. Pregúntame." Algo en mi cerebro se alzó como una barrera para no dejarme comprender el espantoso sentido de la orden del Príncipe. Ahogada la voz, respondí sumiso, inerte: "¿Qué debo preguntar, Su Alteza?" El Príncipe volvió a sonreír, si aquello era sonrisa o mueca no lo sé, y tomándome un tiempo que a mí se me antojó inacabable terminó por decir con un remedo del mohín materno, grotesco, vil, monstruoso: "¿Quién quiere Fenú que lo visite hoy?"

Fenú, había dicho. No había escapatoria. Fue como si de repente una jaula cayera en derredor de mí, apretándome entre sus barrotes, y al mismo tiempo una mano me arrancara los vestidos de un solo tirón, exponiéndome al oprobio del mundo, desnudo, vulnerable, lamentable, aterrorizado. Un embate de náusea se alzó hasta mi paladar y todo yo temblaba, de miedo, de vergüenza, de ira, impetrando de la divinidad que aquello fuera un sueño, una siniestra y cómica pesadilla, pero la voz de don Fernando, una vez más, tenía el cuerpo implacable y desesperante de la realidad. Insistió: "Pregúntamelo. Es una orden."

De repente mis rodillas dejaron de sacudirse, el rubor y la sensación de fiebre se disiparon, fui quedándome frío e inmóvil, yerto casi, ante mi verdugo. De modo que él, interpretando mi silencio como una desobediencia, continuó: "Está bien. Como quieras, Manuel. Puedo prescindir de tu colaboración." Y tras atarse las dos puntas de la sábana a la nuca, como para improvisarse una túnica, concluyó con una mirada alta y desafiante de sus ojos exoftálmicos: "Fenu quiere recibir a Solimán."

Odié a aquel infame renacuajo de piel escamosa y como con la droga se estimula al corredor en medio de la carrera, con ese odio alimenté una energía que me permitió asumir de repente una cierta autoridad para amenazarlo con llevarlo de las orejas a la presencia de su padre y denunciar su perversidad a Escóiquiz, pero, por supuesto, a esa altura yo había perdido todo buen juicio, y lo único que logré con mis advertencias fue escuchar, otra vez, y ahora más larga, cascada y percutante, aquella risa canalla que nunca se le había podido corregir. "Has perdido la cabeza, mi buen Manuel" —dijo—. "El único que puede amenazar aquí soy yo. Con irle con el cuento al Rey, justamente, o al reverendo. Pero no me gustan las amenazas tibias. Mi padre es tan imbécil que tal vez terminaría por absolverte y Escóiquiz es menos fuerte de lo que se imagina. Si no me obedeces, iré directamente al Santo Oficio y os denunciaré, a ti y a esa puta de mi madre." Y esgrimiendo una llave que sacó de entre las piernas agregó: "Y no os daré tiempo a deshaceros de esta llave, que robé a mi madre de su alhajero, ni de todos los disfraces que guardáis en esos armarios." Y bajó la voz de súbito hasta que no fue más que un repelente susurro: "Vamos. Fenú quiere recibir a Solimán. ¿Qué otro recurso te queda, Manú? ¿Matarme?"

Lo había adivinado. Yo sólo estaba pensando en matarlo, en borrarlo de la faz de la tierra, pero sabía que no podía hacerlo, que estaba perdido, en sus manos, y que sólo me quedaba una salida: Solimán (11).

Si aquellos minutos frente al lecho fueron los más atroces que pasé en mi vida, la resignación de que ya me había armado mientras me cambiaba de ropa en la antecámara, no era por cierto un alivio, porque estaba amasada de rabia y humillación. Había caído en una trampa, y no tenía otro remedio —como muy bien había puntualizado don Fernando— que prepararme de la mejor manera posible para hacer mi papel de Solimán. Con la amargura, por lo demás, de saber de antemano que mi naturaleza facilitaría las cosas, que Solimán visitaría a Fenú, por más repugnancia que Fenú le provocara. Así estaba hecho Manú. Y siento la necesidad moral de aclarar, por prurito de honestidad, que no sería aquélla la primera vez que yo tuviera trato carnal con una persona de mi mismo sexo. A los doce años, el canónigo penitenciario de la catedral de Badajoz, me había inducido a ciertas prácticas que me resultaban sobremanera placenteras y que él ejecutaba de rodillas en la sala del Cabildo; siendo ya guardia de corps, no tendría aún dieciocho años, una noche de borrachera cedí a la tentación del cuerpo tierno y dulcísimo de un compañero extranjero (12). Pero don Fernando, con todos los respetos debidos a un Príncipe que llegó luego, por los medios que fuera, a ostentar la Corona de la nación casi veinte años, me resultaba particularmente repulsivo, y yo mismo me rebelaba de antemano contra la respuesta indiscriminada de mi naturaleza a los solos estímulos del contacto o de la imaginación.

Y las cosas ocurrieron, ya en la alcoba, como yo lo había previsto en la antecámara. De mi parte, un mero desahogo animal, cumplido con más despecho que deseo; de la suya, sólo la estéril satisfacción de un capricho de la voluntad, de una malvada curiosidad. Don Fernando recogió sus ropas con aire sombrío, se vistió descuidadamente en el rincón más oscuro de la estancia, y antes de marcharse arrojó la llave sobre el lecho. Dijo todavía, con una voz que parecía haberse hecho más mecánica y sin relieve: "Nunca volveré a tu cuarto. Te odio. Te odiaré hasta el último día de mi existencia."

Y lo cumplió. Desde aquel día, alentado por Escóiquiz, a quien supongo siempre habrá ocultado la sórdida aventura de Fenú, empezó a conspirar contra mí, un largo y paciente trabajo que culminó más de diez años después en Aranjuez y en Bayona, pero no se conformó con eso. Su odio —hacia mí, que al fin de cuentas no había hecho otra cosa que obedecerle, ya que no complacerle— me persiguió hasta su muerte, y aún después de ella, tanto repercutieron en mi vida sus intrigas y persecuciones.

Los Reyes, desde luego, nunca supieron lo ocurrido. No fue problemático para mí deslizar la llave en la mano de doña María Luisa diciéndole que la había olvidado en su última visita; pero la verdad es que desde aquella tarde el juego de los disfraces se me hizo más penoso, y que algo debió trascender de ello a la Reina, puesto que pretextando un día un compromiso, otro un malestar, un día dejamos de jugar y la seda de los disfraces empezó a pudrirse en los armarios.

Siendo como era, todavía casi un niño, no le fue difícil al Príncipe, con el pérfido aliento de Escóiquiz soplando en su oído, hallar oportunidades para reavivar su rencor hacia mí o recelar las más diversas maquinaciones de mi parte. Pocas semanas habían pasado de nuestro encuentro, cuando pretextando que ese día cumplía catorce años, impetró de su padre que lo dejara asistir regularmente a los Consejos de Estado, como una manera de irse adiestrando en la ciencia del gobierno de la nación; el Rey, dando muestras una vez más de su prudencia, entendió que el punto en que se hallaba la educación del Príncipe no autorizaba todavía a dar tal paso, y denegó el permiso. Don Fernando tuvo una crisis de rabia, lloró y chilló de forma que todo el palacio se enterara de que por causa de mis propias insaciables ambiciones yo había influido en la voluntad del Rey, consiguiendo así mantenerlo apartado de los negocios del Estado. Tan cargado quedó el ambiente de malestar, que rogué de modo apremiante a mi señor que me eximiera de mi cargo y me permitiera separarme por un tiempo de la Corte. Era un ruego que yo reiteraba con creciente frecuencia, cansado como estaba de celos y de intrigas, y esta vez el buen Rey, tal vez con la intención de desvanecer los rumores que su propio hijo había puesto en circulación, accedió a aceptar mi renuncia. Así fue que me hallé al fin felizmente apartado del poder y de todo cargo oficial, pero al regresar a ellos dos años después (bien que sin alejarme nunca de la amistad y trato de los Reyes), ya alrededor del Príncipe se había organizado una verdadera facción cuyos objetivos eran arruinar definitivamente mi carrera política y aun algo más grave: desprestigiar y desplazar a la Reina.

Unos años después, en 1802, y como conté en mis Memorias, hubo un duro enfrentamiento entre el Príncipe y yo, con motivo de su proyectada boda con la Princesa María Antonia de Nápoles. Yo aconsejé al Rey su padre que difiriera la boda, en atención a que el Príncipe no estaba todavía preparado a sus años (que ya eran, sin embargo, dieciocho) ni por el nivel de sus conocimientos, exiguos pese a todos los esfuerzos hechos porque mejoraran, ni por su entereza moral, para asumir las responsabilidades del estado matrimonial y la emancipación que éste conllevaba. Entendía yo que el Príncipe debía completar primero su educación y acaso remediar su atraso viajando dos o tres años por Europa, lo que en aquellos días llamábamos "el baño de nuestro siglo". Los Reyes confiaron mis dudas a Caballero, pidiéndole su consejo, y el desleal Ministro no tardó en transmitir aquéllas al Príncipe, cuyo cuarto, foco de rumores y conspiraciones contra mi gobierno, frecuentaba. El resultado fue la furia de don Fernando por mi intercesión, que juzgaba mal intencionada —hasta el punto de sentir atacados sus mismos derechos a la Corona— y la consolidación de su resentimiento para conmigo (13). Esta vez, curiosamente, la Reina no estaba de acuerdo conmigo y le apremiaba casar al Príncipe, porque al mismo tiempo, por las mismas capitulaciones, casaba a la Infantita Isabel con el hermano de María Antonia, que había de ser Rey de Nápoles y las Dos Sicilias, proporcionando así un nuevo trono a la familia. De modo que se puso fecha a la doble boda contra mis consejos, pero eso no aplacó las iras de don Fernando. Así estaban de exasperadas las cosas, con su natural efecto sobre la actividad conspiratoria en el cuarto del Príncipe —que, como ya he dicho, frecuentaba la propia Duquesa de Alba—, cuando mediaba el mes de julio de 1802...

NOTAS

(1) Aunque Godoy pasa de prisa por el tema, conviene recordar que a la muerte de la Duquesa de Alba, y con la anuencia de los Reyes, obtuvo que el propio Ayuntamiento de Madrid adquiriera para él el palacio de Buenavista, de modo que no tuvo mayores escrúpulos en instalarse a vivir allí donde había muerto trágicamente su ex amiga y amante. Y de la misma manera que la Reina puso en juego su privanza para comprar a bajo precio las joyas de la Duquesa —después de haber querido incautárselas con una Real Orden que no prosperó— Godoy supo quedarse con buena parte de sus obras de arte (La Venus del Espejo de Velázquez, La Escuela del Amor del Correggio, una Virgen de Rafael, entre otras), y hasta con sus criados, como consta en documentos de la época.

(2) La opinión corriente entre los historiadores es que María Luisa precipitó la boda de Godoy para neutralizar la peligrosa pasión de éste por Pepita Tudó. El propio Godoy, en sus Memorias,

cuenta brevemente como Carlos IV lo "enlazó a su familia, con el designio (...) de elevarme a tal altura donde sus tiros no alcanzasen" (los de sus enemigos políticos). Y sigue: "Este enlace fue obra de su voluntad absoluta, no de otro modo que lo había sido mi entrada al Ministerio. Carlos IV ordenó de tal modo la celebración de este matrimonio que entre imponérmela y comunicar al Consejo el decreto relativo a ella, no medió ningún tiempo. Yo le obedecí en este asunto con igual lealtad y sumisión que en los demás actos de mi vida." Y poco más adelante dice en una única alusión a Pepita, y a los rumores que circularon sobre un previo matrimonio con ella: "El tiempo ha hecho justicia de la infame calumnia que movieron (enemigos y envidiosos) propalando que yo rompí otros sagrados vínculos para celebrar estas bodas." En todo caso es visible que María Teresa de Borbón y Vallábriga fue sacrificada a los diecisiete años a la "razón de Estado" o a los intereses sentimentales de la Reina, y a un marido desafecto que no hacía más que acatar una decisión real.

(3) Desde 1848, Godoy evoca con nostalgia su época dorada. En 1819 habían muerto los Reyes, y en 1835 Pepita lo dejó solo en París para conducir personalmente los interminables litigios de Godoy en Madrid, y nunca volvió a su lado. A esta altura Godoy no es otro que el extravagante (y supuestamente mitómano) "Monsieur Manuel", que se sienta a tomar el sol en un banco del Palais Royal y cuenta a sus escépticos amigui-

tos, niños de pocos años, historias de antiguas batallas y glorias olvidadas. Pero es indudable que desde esa soledad Godoy tiende a idealizar su capacidad juvenil para amalgamar trabajos y amores. Aunque testimonios de la época abonan su excepcional dedicación a los deberes del gobierno, también está el del propio Jovellanos consignando en su diario el 22 de noviembre de 1797 su repugnancia moral ante la desaprensión con que Godoy encaraba y exhibía su vida amorosa: "El Príncipe nos invita a comer a su casa. A su lado derecho, la Princesa; al izquierdo, en el costado, la Pepita Tudó... Este espectáculo acabó mi desconcierto; mi alma no puede sufrirle; ni comí ni hablé, ni pude sosegar mi espíritu; huí de allí; en casa toda la tarde, inquieto y abatido, queriendo hacer algo y perdiendo el tiempo y la cabeza." Si este texto vale para hacerse una idea del extremo puritanismo de Jovellanos, vale también para juzgar ese "arte" que se atribuye Godoy para mezclar los afectos, "aunque parecieran irreconciliables".

(4) El motín de Aranjuez. Bayona. La caída de los Borbones. La invasión napoleónica. La guerra.

(5) Hoy está abundantemente documentado que en el caso del joven Fernando, a una propensión natural a la desconfianza y a las sombrías cavilaciones, se sumó la malévola influencia del cura Escóiquiz, a quien, paradójicamente, el propio Godoy escogió unos años antes como preceptor del Príncipe.

(6) No exagera Godoy. La Duquesa de Luca, ex Rei-

na de Etruria, hija de Carlos IV y María Luisa, dice a su hermano Fernando VII a poco de morir su madre: "El día antes de morirse me llamó a su cama y me dijo: Yo me voi a morir. Yo te recomiendo Manuel; puedes tenerlo y estar segura que no puedes tener una persona más afecta, tú y tu hermano Fernando. Yo la besé la mano; la dixe que la amaba con toda mi alma y ésta fue la última vez que la pude hablar..."

(7) Otro error que comete la memoria de Godoy. La Casita del Labrador no fue levantada hasta más tarde, entrado el siglo XIX, si bien por los mismos Carlos IV y María Luisa.

(8) El relato que hace Godoy de ese primer encuentro con los Príncipes de Asturias, disipa una leyenda y explica en parte otra. Parece totalmente falsa la versión según la cual Carlos y María Luisa se fijaron por primera vez en él a propósito de una cabalgadura encabritada y de la bravura demostrada por el joven Manuel con su caballo; otra legendaria versión, la de que llamó la atención de los Príncipes cantando acompañado por una guitarra, resultaría ser una extrapolación de la situación original: el disfraz de juglar y el laúd de utilería.

(9) Aparte de denotar un nivel de cultura clásica que hoy podría parecer estimable, y sorprendente en dos personajes que la posteridad no ha juzgado como particularmente cultivados, llama la atención el parentesco de las "comedias" representadas por Manú y Malú con la literatura europea de fines del XVIII y comienzos del XIX. El turco

fiero y su cautiva cristiana, o su opuesto el cruzado y la morisca, hacen pensar inevitablemente en Lord Byron; la náufraga pudorosa y el marinero parecen una ilustración del final de *Paul et Virginie* de Bernardin de St. Pierre; el verdugo y la hechicera evocan las imágenes violentas de la novela gótica inglesa; el jardinero y la monja respiran el aire sacrílego de cierto romanticismo francés. Antes que imaginar a María Luisa o a Godoy ávidos lectores de las últimas novedades editoriales, hay que pensar que los escritores moldearon una mitología que poblaba la imaginación de la sociedad antes de plasmarse en libros.

(10) El episodio de los uniformes del palacio Barberini lo refiere Bausset en sus "Mémoires anecdotiques sur l'interieur du palais impérial", con la diferencia de que Godoy lo sitúa más cerca de la muerte de la Reina y Bausset varios años antes.

(11) Si el incidente que cuenta Godoy pudiera suponerse deformado por su resentimiento hacia Fernando VII, resulta interesante confrontarlo con otro, público e históricamente admitido, ocurrido en 1814 en ocasión del viaje de Fernando de Valencay a Valencia y de su asunción como Rey Constitucional de España. Su antagonista, en esa oportunidad, fue casualmente el cuñado de Godoy, el cardenal Luis de Borbón, entonces presidente de la Regencia Constitucional, que se había trasladado también a Levante para tomarle juramento. Las respectivas comitivas de Fernan-

do y el cardenal se encontraron en Puzol, dieciocho kilómetros al nordeste de Valencia. Los dos personajes bajaron de sus carruajes y se quedaron esperando, cada uno, que el otro saliera a su encuentro. El cardenal, al fin, optó por avanzar y Fernando le tendió la mano para que se la besara, como a Rey. Pero Fernando aún no había jurado la Constitución y no podía ser reconocido como Rey todavía, de modo que el cardenal, naturalmente, vaciló. Fernando, al cabo de un momento, rojo el rostro de ira según los testigos, llevó su mano hasta la nariz del cardenal, y ordenó: "Besa." El cardenal se doblegó y besó. ¿Acaso ese "Besa" no tiene un impresionante paralelismo, por visos de caprichos, arbitrariedad y abuso de poder, con las palabras del Príncipe a Godoy en la alcoba, por más diversas que sean las circunstancias?

(12) En el capítulo II de sus Memorias, tras narrar su admisión en el cuerpo de guardias de Carlos III, dice Godoy: "Tuve allí dos compañeros que eran hermanos, de apellido Joubert, naturales de Francia, educados en su país, altamente instruidos, estudiosos sin medida, uno y otro de costumbres dulcísimas, con quienes trabé sendos lazos de amistad, y de aquel linaje de amistad verdadera y generosa que se engendra en la edad juvenil." Interesante la repetición del adjetivo —"dulcísimo"— tantos años después. ¿Será demasiado aventurado pensar que uno de los Joubert es el "compañero extranjero" que tentó a Godoy?

(13) Puede leerse la historia completa de la frustrada intervención de Godoy frente a Carlos IV para conseguir la postergación de la boda en Capítulo XI de la Parte Segunda de sus Memorias. Allí dice asimismo que las bodas se acordaron el 14 de abril de 1802.

II

YO ESTABA ESE VERANO EN LA GRANJA, con la Corte. Los Reyes, cada vez más, insistían en tenerme a su lado, como si nuestra inmediación física fuera más importante para la conducción de la nave del Estado que mi presencia en Madrid al frente del gobierno y los ministerios; y yo había terminado por ceder, contando con esa tregua a las iniciativas y a las intrigas de la diplomacia y a las inquietudes y solicitudes del pueblo que suelen traer consigo los calores del estío. La Reina, especialmente a medida que iban quedando enterrados para siempre en el pasado, ya que no en el olvido, nuestros juegos de martes y de viernes, se mostraba cada vez más premiosa en procurarse mi compañía, como si bastara sentarnos frente a frente con una baraja para exorcizar los peligros que su agudísima intuición veía cernirse sobre España, sobre la Corona y sobre la propia vida familiar; peligros que, obvio es decirlo, concernían todos a la personalidad del Príncipe, a la hormigueante actividad de su camarilla de cómplices o instigadores, y al río caudaloso de murmuraciones y calumnias que fluía incesante de su cuarto en palacio. El Príncipe, aquel verano, no había querido moverse de Madrid, pretextando unos estudios que deseaba completar antes de casarse y que todos sabíamos no existían; eso, entre otras cosas, hubiera aconsejado que yo no me fuera de vacaciones a La Granja, pero la Reina insistió, hostigó al Rey con los argumentos que le daban la vehemencia y el mando, y yo terminé allí, holgando entre los jardines y las fuentes durante el día y jugando interminables partidas de *crapaud* durante la noche, mano a mano con doña María Luisa, que, como digo, mientras me tenía a su lado y podía acariciar mi rodilla como un talismán, respiraba tranquila por la suerte de la nación y la suya propia.

A mediados de julio me llegó, con mi correo privado, una carta que decía escuetamente: "Colombina regresó al hogar tras su última escapada, Arlecchino la ronda de nuevo, el Capitán Fracassa ha abandonado su tienda de campaña y los tres se han puesto a estudiar el «canevás» de un nuevo *intermezzo* cómico. ¿No sería prudente que le dierais una leída antes del estreno? Il Suggeritore." La carta era una advertencia clara. Mientras yo perdía el tiempo en La Granja, mis enemigos lo ganaban en Madrid. La Duquesa (Colombina) había vuelto de Andalucía, se veía con Fernando (Arlecchino) y con Cornel (el Capitán), y los tres estaban empeñados en algún nuevo manejo concerniente a la Italia y muy probablemente al Reino de Nápoles. El código, en ese sentido, era inequívoco: las máscaras de la *commedia dell'arte* cambiaban de nombre según la nacionalidad de los personajes que sostenían los hilos desde el otro extremo de la trama; si hubieran sido franceses, por ejemplo, Arlecchino hubiera pasado a llamarse Sganarelle. Pero además la inminencia de las dobles bodas, el resquemor que aún quedaba por mi intervención para que el Rey postergara su fecha, la vieja ojeriza de la Corte napolitana hacia nuestra política francesa, abonaban generosamente la posibilidad de que la maniobra en que nuestros enemigos de entrecasa estuvieran embarcados en pleno verano, concerniera realmente a Nápoles. Aquella misma noche, enseñé la carta a los Reyes. Doña María Luisa no ocultó su contrariedad, pero admitió que yo debía volver a Madrid, ya que implícitamente mi corresponsal prometía en la última frase poner en mis manos los documentos secretos con que se estaban manejando "nuestros cómicos". De modo que al amanecer me puse en camino.

No fui a casa al llegar a Madrid, sino directamente al palacio real. Conservaba en éste mis aposentos de reposo, tenía allí ropa suficiente para cambiarme, y me prometía, mientras esperaba ponerme en contacto con el autor de la carta, pasar por lo menos una noche en compañía de Pepita, sin molestar innecesariamente a Mayte, cuyos silencios cargados de un oscuro resentimiento se me hacían cada vez más insoportables. Despaché algunos asuntos en palacio, mandé aviso a Pepita de mi llegada, y por la tarde resolví darme una vuelta por el taller de Goya. Verdad es que no iba sólo a vigilar la marcha de mi "desnudo", sino a hablar con don Fancho de un nuevo retrato ecuestre, de cuya comisión me había convencido en La Granja doña María Luisa, pero este segundo objetivo de mi visita no llegué a concretarlo aquella tarde, y luego, la marcha de los acontecimientos hizo que lo siguiera postergando hasta cuando Goya, aduciendo vagas razones de salud, se negó redondamente a hacerme el retrato (14).

Debo repetir que el encuentro con Cayetana fue totalmente casual y no estaba combinado de antemano como los celos de Goya pudieron hacérselo dudar. Sin embargo, fue un encuentro afortunado en su misma condición fortuita, como inmediatamente se comprenderá. Cayetana dijo aquellas osadas palabras que, yo supuse, Goya alcanzó a oír: "Puedes venir con cualquiera de tus mujeres...", mas al instante, con la prudencia que le aconsejaban las circunstancias, dio la espalda al Maestro, bajó la voz y siguió rápidamente: "Me alegro de que hayas vuelto —dijo—. El asunto lo merece. Ven esta noche y encontraremos un momento para que pueda enseñarte esos papeles. Pero ten cuidado. Fernando y Cornel están también invitados".

Puedo imaginar el pasmo y el escándalo de mis lectores. Cayetana de Alba trabajaba para el bando que fingía combatir. Y debo otra vez remontarme al pasado para explicar cómo habíamos llegado a esta curiosa situación, en que una antigua amante, por el azar de las cosas, y tras haber devenido primero una enemiga política, se volvió más tarde una aliada, una cómplice, y para emplear una palabra que por cierto a la propia Cayetana no asustaba en absoluto, sino que la regocijaba calificarse con ella: una espía.

Desde mis tiempos de oficial, la imagen de la joven Duquesita de Alba, con su asombrosa cascada de cabellos negros, gallarda, de alegre y festivo talante, y con fama de librepensadora y un poquitín disoluta, alteraba la vigilia y los sueños de la entera guardia de corps y en particular los míos. Pero era, pese a su célebre llaneza, por rango y por estado, como un planeta lejano, inaccesible, coto privado de un Grande de España, y en el mejor de los casos, de sus iguales. Fueron los años también en que más activa y frívolamente se desplegó la rivalidad de la Duquesa con la propia Princesa de Asturias, y hubiera sido imperdonable error de mi parte dar indicios de la menor inclinación por la primera, cuando la segunda la celaba en tal modo, tantos y tan frecuentes eran los motivos de competencia —los vestidos y las joyas, las fiestas y los torneos, los galanes y los validos— para añadir uno más, tenido por tan precioso, con riesgo de perder lo que se tenía seguro por conquistar lo que se veía, si tentador, lejano y esquivo (15).

Las cosas quisieron que, diez años más tarde, yo hubiera adquirido también, por mis medios y a mi modo, la grandeza; que la veleidosa Duquesita se hubiera transformado en una mujer cabal y espléndida; y que los dos nos encontráramos una tarde de 1794 en mi despacho —yo ya era Primer Secretario de Estado, ella solicitaba mis auspicios para una verbena de caridad que organizaba en la pradera de San Isidro— y sintiéramos, al estar a solas por vez primera, que el destino nos ponía por delante un desafío y que no estaríamos a nuestra altura, ninguno de los dos, de no aceptarlo. Quiero decir que nunca hubo entre nosotros prolegómenos de amor ni supercherías de amor, sino una suerte de reconocimiento por el cual los dos admitíamos estar enfrentados a un rival insuperable del sexo contrario, y estar obligados a aceptar el reto, aunque sólo fuera uniéndonos carnalmente, como dos magníficos duelistas están condenados a batirse, dos caballos de raza a disputar una carrera que dirima la vana comparación de sus proezas, el piano y el violín a desentrañar en implacable emulación la secreta armonía de una sonata. Puede parecer una extrema petulancia de mi parte, y por cierto no lo habría confesado entonces; pero a mis ochenta años, reducido como me veo a esperar la muerte, bien puedo decir que a los veintisiete era el hombre más apuesto —y más codiciado— de la Corte, el único que podía mirar de hito en hito a Cayetana de Alba y decirle con la mirada: si tú eres la primera entre las hembras, yo no reconozco rival entre los varones (16). De modo que a poco de aquel encuentro, admitiendo la fatalidad que nos llevaba irremisiblemente a ello, nos hicimos amantes; de igual a igual, sin que mediara cortejo o seducción, resistencia o presión, soborno o regateo de ninguna de las partes, libres los dos frente a toda otra cosa que no fuera nuestra propia contienda, la de nuestros sexos, de la que salimos, como no podía ser de otra manera, igualados.

Insisto en que no hubo sentimiento amoroso, ni pretensión de él, y eso mismo, creo, esa impagable sensación de libertad, pudo ser la trampa que nosotros mismos nos tendíamos, porque al día siguiente, exaltados, buscamos vernos, y al siguiente también, y sobrevino una inagotable primavera. Que fue repentinamente cortada, antes de que nos pusiéramos a analizar lo que ocurría, cuando nuestra imprudencia hizo cosquillas en las orejas de la Reina, y ese vientecillo no tardó en hacerse huracán que todo lo arrastraba a su paso: a mí se me acusó de traición y se me amenazó con la pérdida de todos los favores y con el escándalo, que también habría de involucrar a la Duquesa. Mintiendo un poco, disimulando otro tanto y arrepintiéndome sinceramente el resto logré volver las cosas a su cauce. Pero doña María Luisa era consciente de haber corrido un grave peligro y supo —entonces era todavía joven— aventar todo riesgo de recaída. Cayetana y yo no volvimos a vernos en varios años (17).

En el intervalo yo conocí a Pepita, me enamoré de ella, y me casé con Mayte; no es un sarcasmo, o si lo es, lo fue del destino que nos abrazó a los tres. Cayetana enviudó, se dedicó a tener amantes por debajo de su rango —un pintor: Goya, un torero o dos: Costillares, ¿Pepe Hillo?, un cómico cuyo nombre he olvidado— y al cabo del tiempo, tal vez por despecho, aunque no es un sentimiento que uno asocie naturalmente a su persona, empezó a frecuentar el cuarto de don Fernando y a alistarse en su bando político, contra la Reina y contra mí. Fue hacia 1800 que volvimos a encontrarnos. Repetimos los gestos de la pasión, pero no se repitió el prodigio. Ella estaba desconocida, desconfiada, insegura, lo sentía hasta en su manera de mirarme con recelo por debajo de las pestañas larguísimas, como si quisiera controlar en mis pupilas el desdichado reflejo de sus años (18). Se confesaba desazonada, hastiada de todo, de los hombres y de la política, buscaba, decía, otro aliciente en la vida. Y por ahí derivamos a nuestro extraordinario convenio. Si tenía tan pobre impresión del Príncipe, si todas sus maquinaciones terminaban por parecerle mezquinos manejos de cocina, si no veía en los ardides políticos en los que por inercia seguía envuelta, ningún proyecto, ninguna perspectiva, ningún progreso para España, bien podía —la idea fue de ella, no mía— cambiar de bando sin decirlo y empezar a trabajar para mí, a quien reconocía, pese al desdén que le inspiraba el Rey y la inquina que aún sentía por la Reina, un hombre de

Estado que podía llevar a la nación a puerto más seguro que el pusilánime de don Fernando y su perversa camarilla (19). Todo empezó como una broma en aquel atardecer en su lecho del palacio de la Moncloa, pero dos días después llegó a mi despacho un abultado sobre con informes en extremo interesantes sobre la correspondencia y las vinculaciones que el padre Escóiquiz había logrado entablar con la embajada pontificia. Empezamos a encontrarnos, otra vez, a escondidas; pero ahora era para convenir nuestras claves, informarme ella de lo que se había tratado la víspera en el cuarto del Príncipe o pedirle yo que indagara esto o aquello. Rara vez fornicábamos. Éramos dos conspiradores, no dos amantes.

Aun cuando me libré de la última parte de aquella velada, sin duda la más penosa —Cayetana tea en mano, haciendo el ridículo delante de todos, y la fiesta cerrándose con una nota tan lúgubre—, debo decir que el malestar, aquella noche, no tuvo casi respiro, y que si estoy de acuerdo con Goya en reconocerle a Cayetana las artes más exquisitas de hospitalidad, no fue aquélla una de las veces en que más brillaran. Para mí, personalmente, fueron varias horas de extrema tirantez, sólo premiadas por la lectura del documento que, a cierta altura, ella pudo poner en mis manos (20). Verdad es que se sumaron toda clase de percances. Primero fue la inadvertencia de Cayetana al invitarme "con cualquiera de mis mujeres" y la llegada inesperada, para mí al menos, de Mayte con su hermano. Todos necesitamos recurrir a la simulación mundana para ignorar aquel disgusto, sobre todo Mayte, Pepita y yo, los más afectados por algo que, sin serlo exactamente, había tomado los visos de un engaño puesto por azar en descubierto. Yo sabía que no debía esperar un solo reproche de parte de Mayte, pero sí la mayor espesura de su sofocante silencio doméstico. En cuanto a Pepita, siempre supo ejercitarse en la paciencia de mantenerse en un segundo plano, pero exponerla innecesariamente a un contraste así, era agraviarla en forma asaz injusta. Apenas habíamos logrado superar este embarazo, cuando se produjo la inoportuna alusión del Conde Haro a las próximas bodas del Príncipe, tema espinoso si los había en aquel momento para ser tratado en su presencia y en la mía. Don Fernando, que no era de perder ocasiones de atacar, así fuera en público, dijo sibilinamente al imprudente que le daba los parabienes: "Sí, me caso en setiembre, para confusión de algunos que han querido una vez más anteponer sus ambiciones a mi felicidad." Yo, huelga el decirlo, no recogí el guante. Me limité a comentar: "Sus Majestades han decidido hacer de esas bodas una verdadera fiesta nacional." A lo que el Príncipe respondió vivamente: "¿No lo son, Manuel?", y yo a mi vez: "Las mayores desde vuestro nacimiento, Alteza" (21). En ese momento, de extrema tensión, entró la Duquesa, seguida por Goya y Pignatelli, y recuerdo que venía riendo y que eso ayudó a distender la atmósfera. Pero ya, en el término de una hora, me había tocado protagonizar dos incidentes de inocultable malestar. Finalmente, se sumó la temeridad de Cayetana durante la cena, hurgando en sus enemistades, que si podían tomarse a la ligera mientras se tratara de la de Osuna o de Costillares, entraban en terreno harto más escabroso cuando se trataba de sus actuales relaciones conmigo o con la Reina. El Príncipe no desaprovechó la oportunidad de ser una vez más desagradable, y hasta me pareció vislumbrar en él una nueva suspicacia, como si temiera que Cayetana no estuviera jugando del todo limpio con él, en una palabra: como si estuviera en el umbral de adivinar la verdad. "No temas a la Duquesa, Manuel" —me dijo a través de la mesa—. "Suele tomar tu partido y defenderte en mi cuarto." Y agregó dirigiéndose a Cayetana: "Espero que hagas lo mismo conmigo, querida, cuando se habla de mí en el cuarto del señor Godoy." Parecía, de algún modo, estar refiriéndose a un doble juego de Cayetana, pero ésta no se mostró afectada por la alusión, si la había, y siguió su aventurada inquisición de enemigos. El Príncipe no estaba en ánimo de callarse y dijo todavía a la dueña de casa: "Godoy no hubiera incendiado el palacio, Cayetana, puedes estar tranquila, de no estar seguro de que yo estaba dentro; y ahora comprendo por qué lo has invitado a último momento: es una forma de asegurarte que no nos pondrá fuego." Y rió con su horrible risa chapoteante, provocando una incomodidad que sólo la sordera —¿natural? ¿voluntaria?— de Goya en aquel momento puede haberlo librado de experimentar. Un minuto más tarde todavía encontró ocasión de referirse a la vieja rivalidad de Cayetana con su madre, y no tuvo reparos en señalar groseramente a Pignatelli con su cuchillo (y con su lengua): "Antes sólo os disputabais jóvenes pisaverdes y un destierro de la materia en cuestión arreglaba las cosas, pero ahora, querida Cayetana, lo que está en juego es España y no podemos enviarla a París mientras vosotras os calmáis los nervios." Esta desatinada broma del Príncipe, que pocos celebraron con una risita de compromiso, siempre la he recordado como una oscura profecía de los sucesos que, seis años más tarde y por las nefastas maquinaciones de su facción, terminaron, en cierta forma, con los destinos de España fiados y entregados a la Francia. Pero nadie debe haber pensado eso aquella noche, ni el propio Príncipe. Los demás, ante todo, supongo, aborrecerían ese lenguaje y recordarían con nostalgia los tiempos en que el Príncipe era callado y poco comunicativo. Porque si una cosa había aprendido con los años era a constituirse en una verdadera calamidad social (22).

El paseo a la luz de los hachones fue un remanso; la conversación se hizo dispersa y trivial, el Príncipe, envidioso, calló al fin, y Cayetana, por un rato, pareció más atenta a hacer grata la velada a sus invitados que proclive a ensayar nuevos juegos inquietantes. Me había dicho, sin embargo, esa tarde en el estudio de Goya, que encontraría un momento para enseñarme esos papeles, el momento no parecía presentarse y ya era noche avanzada; pero como una respuesta a mi callada impaciencia se deslizó a mi lado mientras escuchábamos el trío de Boccherini y me dijo: "Cuando todos bajemos, tú te entretienes aquí arriba y me esperas en mis cuartos."

El discurso de los venenos y el desmayo de Mayte facilitaron las cosas. Cuando dejamos a mi mujer y a mi cuñado en el taller de Goya y salimos todos a la sala de los espejos, camino a la planta baja, me fue muy sencillo afectar un resto de preocupación por Mayte y quedarme entretenido en la puerta hasta que todos hubieron desaparecido hacia la galería. A la dramática luz del hachón que sostenía un criado rezagado para iluminarles luego el camino, la pobre Mayte, los ojos cerrados, reclinaba su cabecita de frágil y largo cuello en el hombro purpurado de su hermano mayor, que la abrazaba tiernamente. Era un cuadro de abandono y ternura, pero yo no me podía detener a contemplarlo.

Corrí a los cuartos de Cayetana por la sala solitaria y espectral. Conocía su ubicación por dos visitas anteriores, realizadas al filo de la madrugada y cuando Cayetana aún no se había instalado definitivamente en el palacio. Me alegré de encontrar las habitaciones amuebladas e iluminadas, y me dispuse a esperar. Pero no me era fácil. Nunca es fácil esperar en el cuarto de una mujer. Así, sin ella presente, es como un mundo desconocido en que uno teme moverse, sentarse, fumar o leer. No diría que es un mundo hostil, pero sí extraño, destemplado, inhóspito, en que nos sentimos a un tiempo intrusos y atrapados. Deseaba que apareciera Cayetana cuanto antes. Hasta que vi el vaso. Nunca lo había visto antes. Era una pieza tan magnífica y espejeaba de tal modo a la suave y fluctuante luz de las velas, que me distrajo de mi impaciencia y mi malestar. Lo cogí en las manos, admiré sus esmaltes, la dama de alto tocado, el ciervo de altas astas, el prodigioso arabesco del turquesa y el oro, pasé la yema del índice por su borde sutil, intenté hacer cantar el cristal con la uña (23). Afiné el oído y escuché pasos. Dejé el vaso y fui hasta la puerta, que había dejado abierta. Cayetana llegaba y nos entretuvimos un momento allí. La enlacé con mis brazos, la besé. Hacía tiempo que no la veía tan cautivante. (Ignoraba que, en realidad, estaba besando el último retrato de Goya.) En el silencio llegó otro rumor. Cayetana miró hacia los espejos de la sala. "Tu mujer. Tu cuñado. Y Goya", susurró, y cerramos la puerta. Estábamos solos. Y a salvo, creíamos, de cualquier indiscreto.

El cuarto recobró su orden, su sentido, con la sola presencia de la mujer. Cayetana fue hasta el tocador, corrigió la posición del vaso, como si hubiera presentido que yo acababa de tocarlo. Y luego se miró largamente al espejo. "¡Dios mío! —exclamó—. ¡Qué maja estoy esta noche!" Era un adjetivo que le gustaba aplicarse, pero esta vez lo dijo sin asomo de humor, como una comprobación meditada. Sonreí, volví a enlazarla por la cintura y la besé en el cuello. "No me beses ahí —musitó—, puedes envenenarte." No entendí la alusión, no estaba en antecedentes. Pero no era el momento de hacer preguntas. "Será mejor que nos demos prisa —le dije—. No debemos estar ausentes mucho rato." Me apartó, rió, pasó a su dormitorio. "¿Cuál de tus mujeres es más celosa? —bromeó—. Apuesto que la que está en La Granja." No contesté, me senté en el taburete que enfrentaba el tocador, de espaldas a la luz de los candelabros, y esperé que me entregara los papeles. Cuando volvió, los traía en la mano. Eran cuatro o cinco pliegos escritos con una letra muy estrecha y alta, la de don Fernando, y estaban dirigidos a su futura suegra, la Reina de Nápoles. El encabezamiento ya era típico de él: "Mi querida y única madre", incalificable, por lo que implicaba de repudio a su verdadera progenitora. Y el tono de adulación no variaba, a todo lo largo de la carta, que, más que otra cosa, era un minucioso y exhaustivo informe de nuestras últimas estrategias acordadas vis a vis de la Francia y la Inglaterra; un secreto de Estado, desde luego, que como tal debía guardarse, no ya por el Príncipe de Asturias sino por cualquier español honrado (24). Pero el Príncipe no era cualquier español; era un español vil, rencoroso, intrigante, dispuesto a llevar a su país a la catástrofe, como después lo hizo, para satisfacer su malevolencia y su encono hacia sus padres y hacia mí. Aquéllos, tironeados entre el quererlo como hijo y sospecharlo su enemigo, no dejaban nunca, en última instancia, de prodigarle su confianza en los asuntos del Estado; y lo que él no sabía por ellos, o por sus innobles espionajes, lo conocía por el ministro Caballero, que era más su cómplice que un colaborador nuestro, aunque el bueno de don Carlos IV no terminara nunca por creerlo; y aquí estaba la prueba, esta carta detallada, que unía las prolijidades de la delación a las tergiversaciones de la malicia y las invenciones de la calumnia, una carta que nos ponía en las manos de los Borbones de Nápoles, y a través de su Corte, en las de Metternich y Pitt, y que sólo podía traducirse en nuestro mayor aislamiento y vulnerabilidad frente al propio Emperador de los franceses (25). Olvidé mientras la leía la presencia de Cayetana, que se había reclinado en un diván, frente a mí, y jugaba con los flecos de su chal de Cachemira, sus ojos puestos en los míos, esperando la manifestación de mi cólera como el mejor reconocimiento de su buen trabajo. "¿Cómo está esta carta en tus manos?", pregunté. "No es más que una copia" —fue su respuesta—. "El original ya marchó a Nápoles. Pero yo estoy encargada de traducirla al francés y al inglés, porque el Príncipe no puede hacerlo" (26). "Luego tiene el propósito de hacerla llegar a Inglaterra y a los realistas franceses —dije—. ¿Sabes quiénes son sus corresponsales?" "No. Pero lo sabré —aseguró Cayetana sin dejar su grácil pose de abandono—. Como no puedo traducir todas las lisonjas y futesas que le dice a su suegra, y por algo debo sustituirlas, necesitará saber a quién...” Fue en ese momento que escuchamos el primer ruido.

Fue no más que un rumor, un pequeñísimo crujido que podía provenir de una pisada o del apoyo involuntario del cuerpo contra la puerta, pero que podía ser también sólo el quejido de la materia inerte en el silencio de la noche. Cayetana, prestísima, saltó en pie. Yo instintivamente escondí los pliegos bajo la guerrera. Ella dijo: “¿Bebes algo? Tengo aquí un vino de Jerez riquísimo que me acaban de regalar en Sanlúcar. Lo reservo para mi cuarto, y para ciertos invitados...” Comprendí en seguida qué juego se traía. Si alguien estaba escuchando debía creer que la nuestra era una entrevista amorosa, si es que, como yo me temía, ya no había escuchado, irreparablemente, una parte de nuestro diálogo sobre la carta. Pero ahora se trataba de seguirle el juego. “No tengo ganas de beber, por el momento”, respondí, cogiéndola por un brazo e impidiéndole llenar dos copas sobre la mesilla lateral en que había dos o tres botellones. “Bésame.” Obedeció. Nos besamos. En un respiro le susurré muy bajo: “¿Qué hago con la carta?”, y ella respondió con el aliento apenas: “He hecho una copia. Te la daré ahora mismo.” Nos besamos de nuevo, toda nuestra atención puesta en ese silencio denso que parecía envolvernos, como una red, y detrás del cual, remoto, se sentía al trío tocar algo de Haydn. Pero si bien nada había vuelto a oírse que delatara a un posible escucha, había que seguir fingiendo. Abrazándola todavía le entregué la carta y ella volvió a desaparecer en el dormitorio para cambiarla por la otra. Como si nuestro propio silencio fuera una confesión de culpa, me sentí impulsado a decir cualquier cosa, y en aquel momento mis ojos volvieron a recaer sobre el vaso veneciano. "Está bien, beberé" —dije en voz alta—, "pero a condición de que me sirvas en ese vaso color turquesa". "No tienes poca pretensión" —dijo Cayetana, de regreso—. "Es una pieza de colección." "Me lo imagino. Es el vaso más hermoso que he visto en mi vida" —afirmé, cogiendo la carta—. "Y me empeño en beber en él como prenda de que no te soy indiferente." A esta altura parecía que la carta y el vaso eran una misma cosa, y que beber era la cifra que se traducía por leer aquélla o guardarla o llevársela. No era ningún código; era la asociación irracional que nacía de nuestra alteración. Cayetana llenó el vaso de vino de Jerez y me lo tendió. "Bebe pues." Bebí un sorbo. "Yo también quiero probarlo", ronroneó, insinuante. Dejé el vaso. Volví a abrazarla, y le pasé el líquido boca a boca, imaginando en mi insensatez que esos lances silenciosos, que sólo podía adivinar a través de la puerta, desplazarían de la mente del espía toda idea aproximada a lo que realmente había sorprendido. Pero al mismo tiempo, inequívocamente, sentí que Cayetana se me iba haciendo más y más deseable a medida que la galanteaba para el testigo invisible. "El resto dejémoslo aquí. Lo beberé después para celebrar este reencuentro" —agregué—. "Ahora quiero tenerte en mis brazos. Vamos a tu alcoba." La comedia dejaba de ser tal, arreciaba el ímpetu del aguijón del deseo. "Vamos —repitió como un eco Cayetana—, ya no importa que nos echen de menos. El tonto del Príncipe no se hace una idea de que realmente estás poniendo fuego a mi palacio." Tampoco Cayetana fingía.

Y ya nos dirigíamos, abrazados, acariciándonos, al dormitorio, cuando se oyó el segundo ruido. Primero, un golpe sordo, y luego un rápido y siseante rumor en "decrescendo", como de pasos alejándose. No había duda, esta vez. Alguien había estado escuchando detrás de la puerta. Ante la certeza, era mejor cerciorarse. Salí sigilosamente al pasillo. No había nadie. La sala de los espejos parecía vacía y silenciosa. Pero una sombra cruzó el vano de luz que dejaba la puerta abierta del taller de Goya. Sin embargo, cuando miré el espejo que la reflejaba, atraído por el movimiento, mis ojos llegaron tarde, la sombra ya se había desvanecido y no quedaba más que el vano luminoso, quieto, enigmático. Por un momento pensé en Goya, pero su cuerpo pesado de campesino no podía deslizarse a esa velocidad sobre los mármoles de la sala. Y sin embargo, estaba seguro, el espía estaba allí, oculto en el taller de Goya, que no tenía otra salida; me hubiera bastado ir hasta allí para desenmascararlo. ¿Quién, empero, iba a desenmascarar a quién? Dudé, y en ese momento mi pie izquierdo tropezó con algo. Me incliné a recogerlo. Era un objeto pequeño, que cabía en la concavidad de la mano, y suave al tacto. Lo acerqué a la luz que provenía del cuarto de Cayetana. Era un pequeño y finísimo saquito de cabritilla, con las armas de Asturias grabadas a fuego, y dentro guardaba el frasquito de sales de don Fernando, que yo había visto a mi cuñado devolverle al Príncipe cuando él las alcanzó con cargosa solicitud para socorrer a Mayte. Era don Fernando, pues, quien había estado escuchando detrás de la puerta. Pero ¿qué había oído? ¿Sólo nuestros juegos amorosos a propósito del vaso y del vino? ¿O algo que en este momento le probaba que Cayetana era mi aliada y no la suya? De ser así, estaría furioso, allí escondido y asustado, próximo a uno de sus ataques. (Esos que solía remediar con las sales y que nadie había querido llamar nunca epilépticos) (27). ¿Qué hacer? Tomé una rápida resolución. Guardé el frasco de sales y decidí no decir nada por el momento a Cayetana. Le diría, antes bien, que el rumor había que achacarlo al viento, a una ventana abierta de la sala de los espejos, un cortinado que se volaba. Ahora quería, ante todo, tenerla en mis brazos. Ella dejó caer los suyos y el vestido color de fuego se deslizó a lo largo de su cuerpo, hasta quedar como una rosa gigante sobre la alfombra.

Cuando bajé, tras dejar que Cayetana se me adelantara unos minutos, y al atravesar la larga sala de espejos en la penumbra, vi a Goya sentado frente a la ventana de su taller, abstraído. Su presencia corroboraba, si hubiera sido necesario, que no había sido él el espía. Pude entrar y preguntarle quién lo había visitado media hora antes, pero yo sabía su respuesta: el nombre del dueño del frasquito de cristal de roca, con tapón de lapislázuli, que llevaba en mi bolsillo. Excusé la pregunta y me lancé hacia abajo. En el vestíbulo encontré a mi cuñado, don Luis, que venía de visitar el oratorio del palacio en compañía del capellán de Cayetana. Ya en el salón me dirigí directamente a don Fernando y le tendí el saquito de cabritilla sobre la palma abierta. "Creo que esto es suyo, Alteza", me limité a decir. Prácticamente me lo arrebató, sin contener la ira. Nadie nos había visto. Teníamos otra vez un secreto que compartir. Esta vez era que le gustaba deslizarse por los pasillos y atisbar en los dormitorios ajenos (28). En ese momento casi había descartado que hubiera oído la primera parte de la conversación.

No me quedé mucho rato más en el palacio. Mayte volvió a sentirse mal y me pareció ineludible ofrecerle mi compañía. Viajamos hasta casa en silencio. Ese silencio que emanaba de su informe resentimiento, incapaz de materializarse en reproches o en gritos. Quizá no me perdonaba haberme sorprendido en Madrid y en compañía de Pepita; quizás había advertido que me ausenté una hora durante la fiesta. Quizá. No lo sabía. Con ella nunca se sabía. Había optado por el silencio (29).

Notas

(14) Ya lo sabemos. Goya se negó a pintar tras la muerte de la Duquesa. Sin embargo, en su carta a Zapater sobre el maquillaje de la Duquesa, Goya alude al encargo del retrato ecuestre, lo que significa que Godoy llegó a encargárselo.

(15) El propio Pignatelli, que Goya nombra tanto en su relato, fue objeto de famosa rivalidad entre la Duquesa y la entonces Princesa de Asturias. Dice Ramón Gómez de la Serna: "...bello oficial de las guardias, dichoso enamorado que ardió entre dos fuegos, pero al que perdieron dos regalos: la sortija de abultado diamante que le hizo la de Alba y la caja de oro que le dio la Princesa". Don Ramón se divierte contando las incidencias según las cuales la Princesa se pone la sortija en un besamanos, para descubrir por el sonrojo a su rival, y la de Alba, furiosa, rompió con Pignatelli, y por venganza regaló a su peluquero, que lo era también de la Princesa, la caja de oro que ésta había dado a Pignatelli y éste a ella. Todo terminó con el destierro de

Pignatelli a París. Concluye el autor: "Comenzada así la contienda, continúa en otros detalles, y llega la de Alba a vestir sus azafatas con trajes que eran imitaciones de los que llegaban de París para la Princesa..." Ya vemos con cuánta razón habla Godoy de lo activa y frívolamente que se desplegó la rivalidad de las dos damas.

(16) El testimonio de los cronistas y la historia de sus respectivas conquistas amorosas parecen abonar esa alta exponencia sexual del valido y la Duquesa, aunque sus retratos, para el gusto de hoy, hagan un poco exageradas las palabras del primero.

(17) Es conmovedora la ingenuidad con que Godoy, sin sospecharlo, se caracteriza moralmente. ¿Era, en su relación con la Reina, algo más que un *gigolo* agradecido y de buen corazón?

(18) Sus años... Eran treinta y ocho en ese momento. Godoy tenía cinco menos.

(19) El resentimiento de Godoy hacia la figura de Fernando VII es tan ostensible que le resta objetividad a sus aseveraciones, pero la Historia dice que no exagera y que España no tuvo jamás un personaje tan pernicioso y detestable al frente de su gobierno.

(20) Esto no parece muy gentil de parte de Godoy para con la Duquesa, en cuyo cuarto aquella noche, y como él mismo lo confiesa más adelante, hizo algo más que leer la carta de Fernando...

(21) Para la doble boda de Fernando y la Infantita Isabel con los Príncipes de Nápoles, Carlos IV

y María Luisa tiraron, como suele decirse, la casa por la ventana, desde el desembarco de los dos contrayentes italianos en Barcelona hasta su llegada al palacio de Aranjuez en un barco que merecía figurar en el *atrezzo* de una alegoría barroca.

(22) Verdad es que Godoy no pierde ocasión de dejar sentada su opinión sobre el Príncipe...

(23) Un vaso prácticamente idéntico a éste en cuya descripción coinciden Goya y Godoy ha sido expuesto en el British Museum en 1979 en su exposición llamada: "La Edad de Oro del Vidrio Veneciano".

(24) Esta carta del Príncipe a su futura suegra no se ha conservado en la correspondencia de la Reina de Nápoles. Por lo rastrero de su contenido parece anticipar la famosa carta que dirigió en octubre de 1807 al Emperador de los franceses.

(25) Godoy, en cuatro líneas, alude a más matices de política internacional de los que pueden explicarse en una nota, tan compleja y contradictoria era la estrategia diplomática española del reinado de Carlos IV. Bástenos saber que la carta de Fernando era de gran deslealtad para con sus padres, y por ende, con el gobierno de su país.

(26) El Príncipe tenía preceptores y maestros, pero pasaban los años, y para desesperación de sus padres, no aprendía. Dícese que fue siempre un gran ignorante. Las palabras que Godoy pone en su boca, sin embargo, en sus Memorias y en esta

Memoria Breve, atestiguan una considerable astucia.

(27) No hay otra noticia de estos ataques del Príncipe, que quizá no eran más que crisis histeroides de rabia y frustración, sin llegar a la epilepsia que le endilga Godoy.

(28) ¿No era acaso lo mismo que había hecho cinco años antes?

(29) Esa actitud de la Condesa de Chinchón fue, más adelante, motivo de varias cartas de la Reina a Godoy, llenas de preocupación por ese empecinado silencio en que se encerraba. El 3 de enero de 1806 decía María Luisa: "Desearía que tu mujer hablara contigo y no hubiera adoptado ese completo silencio..." Y el 10 de enero de 1807: "Mucho siento que tu mujer no lo pase bien y que sea tan callada, pues en perjuicio de su salud, Dios la ponga buena y la aga más abierta y clara de genio..."

III

PEPITA SE PRESENTÓ INOPINADAMENTE en mi despacho de gobierno la tarde siguiente, intranquila y acongojada. ¿Qué sabía yo de Cayetana? Al parecer estaba mala, malísima, había cogido no sabía qué fiebres, y los médicos daban pocas esperanzas. Dejé mis asuntos a medio terminar y nos fuimos, disparado el coche por la calle del Arenal, hacia el palacio de Buenavista. Cuando llegamos, ya había muerto. La vimos, yacente en su lecho, blanquísima bajo una mortaja de rosas blancas que las criadas le renovaban constante, amorosamente. Cuando volvimos al saloncito, me encontré frente al tocador. Todo estaba intacto, idéntico a la noche anterior, incluso en su desorden, y el vaso en que habíamos bebido estaba en su sitio, pero... ¡vacío! Oscuramente, no había podido pensar en el trayecto desde el Palacio Real en otra cosa que en el vaso. Y los rumores que se encuchaban en la antecámara mortuoria eran tan vagos y contradictorios, respecto a las causas de la muerte, que cada vez sentía con más intensidad que el secreto estaba en el vaso. Trataba de recordar los sucesos de la noche anterior en su orden exacto, pero no podía; estaba demasiado confundido, golpeado por la muerte de Cayetana y presintiendo que tenía una explicación horrible, que esas fiebres de que hablaban no eran tales, que una mano criminal había actuado en la sombra. Con apenas vestigios de mi atención, escuchaba lo que se decían los que estaban cerca de mí: el de Haro, el de Osuna, Cornel. Todos hablaban de epidemia y de Andalucía. Y yo, por encima del hombro del Conde-Duque, seguía mirando el vaso vacío.

Catalina Barajas, que había envejecido diez años en una noche pero se mantenía entera y disponía el duelo con más eficacia y autoridad que los varones de la casa —el atribulado Pignatelli y una serie de hombres estupefactos que parecían no poder separarse del lecho de Cayetana—, nos instó a todos, hombres y mujeres, a retirarnos a la sala de los espejos mientras ella ponía orden en los cuartos antes de que llegase más gente. La obedecimos. Pero yo dejé pasar unos minutos, y que los corrillos volvieran a formarse en la sala, y volví al saloncito. Ella metía en un cofre, apresuradamente, los objetos que aparecían abandonados sobre el tocador: unos zarcillos, unas hebillas, una peineta, un pulverizador de ámbar. Me miró con sorpresa. Suspendió su tarea y se inclinó hacia mí, como si esperara una orden, algo que no podía provenir sino de mi autoridad, dado mi insólito regreso. Ante esa expectativa, evidente, me fue aún más difícil hablar, pero lo hice. Dije: "Anoche estuvimos con su señora bebiendo aquí y yo bebí de ese vaso azul. Querría..." Me miró larga y tristemente. "Su Alteza no pensará que pueda haber ingerido algún veneno...", dijo con suavidad. Un frío me recorrió la médula. Ella frunció el ceño, pensativa. "Pues sí —añadió—, ella bebió también de ese vaso mientras la desvestía..." Y se interrumpió, mirando el vaso, atónita. "Es extraño —murmuró—, sólo bebió unos sorbos. Pero ahora está vacío. ¿Quién puede...?" Se interrumpió de nuevo, me miró. Era mujer inteligente y pensaba con rapidez, pero estaba desconcertada. "¿Su Alteza no ha sentido nada?", preguntó al fin. Sacudí la cabeza. "Entonces no puede ser, ¿verdad?" La voz se animó, un asomo de ilusión apareció en los ojos. "Si usted también bebió es que no ha habido veneno, sino esas malditas fiebres andaluzas." Cerró el cofre, pareció esperar que yo me retirara, poniendo punto final a aquel extraño diálogo. Yo hubiera insistido todavía: "Salvo que alguien haya echado el veneno en el intervalo." Pero me retuve, no lo dije. Ella se quedó boquiabierta, como si hubiera escuchado las palabras que yo no había pronunciado, cavilando, la mirada neutra, la cabeza inclinada, y habló de repente con una voz que no era la propia de su rango sino la de su dolor de mujer: "¿Y quién podía querer hacerle tanto daño?" "Nadie", dije con verdadero sentimiento. Y nos quedamos en silencio. "Perdóneme, la dejo trabajar", le dije al fin. Y ella respondió: "Gracias, Alteza, sí, debo poner todo en orden." Hizo una inclinación de cabeza, levantó del taburete el chal de Cachemira y empezó a doblarlo. A mí me seguía cantando en el oído su pregunta: "¿Y quién podía querer hacerle tanto daño?" Salí.

En la penumbra del pasillo, a la luz de las celosías de la antecámara y en el momento en que mantenía abierta la puerta, obtuve la respuesta. Acababa de ver el rostro del Príncipe, como mágicamente convocado por mis aprensiones. Estaba allí, a dos pasos de mí. No pude soportar más de un instante el convivir con él en el estrecho espacio del pasillo, sin vernos, adivinándonos, oyéndonos la respiración. Me alejé hacia la sala; sentí que él se deslizaba en la antecámara. A recuperar su abominable carta a la Reina de Nápoles, sin duda. Catalina sería interrumpida de nuevo. Pero esta vez se cuidarían muy bien de hablarle de venenos.

Debo hacer un alto en el relato y tratando de ser desapasionado y de no dejarme llevar por mis sentimientos que al fin y al cabo son los del odio, exponer la teoría que me formulé sobre la muerte de Cayetana de Alba. No, Catalina, nadie quiso hacerle daño a tu ama, nadie se propuso envenenarla. Ella no era la víctima predestinada. Esa víctima era yo.

Don Fernando me odiaba y yo era irrevocablemente su enemigo. Los celos y el odio traen consigo esa lucidez que le permitió intuir aquella noche una nueva humillación: Cayetana de Alba se había pasado al otro bando, lo traicionaba, se burlaba de él conmigo, juntos lo exponíamos a nuevas derrotas. Según era su costumbre y sabía hacerlo, el Príncipe se deslizó como una rata por los salones y los pasillos oscuros para comprobarlo; pegado a la puerta, oyó la confirmación de sus recelos y oyó a su enemigo celebrar la obtención del documento secreto —con el que volvería a azuzar la animosidad de sus padres contra él, a alejarlo una vez más del poder— y oyó a los dos traidores brindar y los imaginó entregados a las más dulces y envidiables delicias como otro brindis más, para mayor escarnio de su víctima, a quien debemos a nuestra vez imaginar anhelante, desesperado e impotente en su escondite del pasillo (30). Entonces cayó al suelo el frasquito de sales y en su ofuscación —al oír un ruido cuyo origen probablemente no identificó— sólo pensó en escapar; corrió en puntillas hasta la sala de los espejos y al ver abierta la puerta del taller de Goya, no vaciló en ocultarse allí; jadeante y muerto de miedo, mientras el pintor dibujaba sin haberlo oído entrar, sus ojos de rata acosada cayeron sobre la mesa con los potes de pintura, sobre aquel polvo verde que, según había podido comprenderlo un rato antes, era un veneno mortal. La tentación era demasiado fuerte. Los traidores se habían trasladado al dormitorio, él lo había oído; su enemigo había prometido brindar después con aquel vino en el precioso vaso, él también lo había oído... Los sucesos se encadenaron sin pausa. Don Fernando cogió el pote, volvió a los cuartos de Cayetana, volvió a ser la rata deslizante que conocemos y penetró en el salón, llegó sigilosamente al tocador, virtió el polvillo verde en el vaso, y en seguida deshizo el camino, y sin atreverse a devolver el veneno a su sitio, se deshizo de él de alguna manera, y volvió a incorporarse a la reunión, donde su ausencia tal vez ni siquiera había sido advertida.

Pero media hora más tarde me vio entrar al salón y devolverle el frasco de sales, que probablemente ignorara aún haber extraviado. ¿Y qué puede haber pensado en aquel momento ante mi sonrisa irónica? ¿Que yo lo había descubierto, le había ganado otra batalla, había vuelto a burlarme de él? Él no sabía que el vaso seguía en su sitio, intacto, esperando a su víctima sin discriminarla. Quiero creer que no dejó fríamente envenenarse a Cayetana. Que sólo comprendió la verdad al día siguiente.

El pueblo madrileño se mostró dispuesto a olvidar sus agravios y el pleito por la huerta de Juan Hernández, y a estremecerse de pena y llorar por la muerte de su antigua amiga y protectora, pero como suele suceder en Madrid, pronto los afectos fueron desplazados por la curiosidad y la murmuración; máxime cuando por deseo expreso de la difunta, las exequias se llevaron a cabo en el mayor secreto y eso no hizo sino inflamar los rumores en torno a la muerte. Pronto todo Madrid decía que "la de Alba" —como se la llamaba— había muerto envenenada, y se buscaban culpables en todas partes pero se les encontraba sobre todo en las alturas. Nadie prestó demasiado crédito a que la muerte fuera un "castigo del pueblo", como había dicho Goya, ejecutado por la misma mano anónima de los incendios, ni dio mucho pábulo a que los siete herederos, entre los que figuraban los dos médicos, pudieran haberse puesto de acuerdo para acortarle los días a su protectora con el fin de heredarla antes. Ya he dicho en otra parte que en aquellos tiempos todos los rumores nos involucraban a la Reina y a mí, y esta vez no se nos eximió. En los cálculos de aquellas mentes malévolas, a los viejos celos de la Reina —una rivalidad en la que yo era sólo una de las piezas— se sumaba la alianza que la de Alba había establecido con el Príncipe, y de ese modo envenenarla no era tan sólo una forma de quitárnosla del camino, sino también una advertencia para otros personajes que pudieran sentirse tentados a seguir sus pasos y fortificar así el partido de don Fernando. En éste, desde luego, nadie tenía motivos para sospechar un posible culpable; ni siquiera trascendió que Cayetana hubiera dado una fiesta en la víspera, y que cualquiera de sus invitados hubiera tenido, materialmente, ocasión de envenenar su comida o su bebida; por lo demás lo que se rumoreaba era un largo y progresivo envenenamiento, acreditado por la decadencia física de Cayetana, una lenta destilación de opio que al fin había acabado con ella. Para eso se nos imaginaba a la Reina y a mí entregados a secretos conciliábulos con extraños individuos versados en el uso de los venenos, y a oscuras ceremonias, misas negras de las que Cayetana no sería la primera ni la última víctima (31). Así estaban las cosas cuando fui convocado por Sus Majestades a La Granja.

Los rumores, por supuesto, habían llegado hasta ellos. No diré que eso los trastornaba en demasía, acostumbrados como estaban ya a ser objeto de la maledicencia cortesana y popular, pero don Carlos, sobre todo, se empeñó en que naciera de la propia Corona la iniciativa de investigar las circunstancias de la muerte de Cayetana, y al instante promulgó una orden que yo, personalmente, debía imponer al ministro del Interior. Aquella noche, mientras jugábamos al "crapaud", la Reina, que sabía de la fiesta muchos más detalles de los que yo hubiera imaginado, dejó en un momento la baraja y preguntó: "¿Qué piensas tú, Manuel, cómo murió la de Alba?" Yo estaba esperando la pregunta. "Creo, Majestad —le dije— que murió de esas fiebres andaluzas, como piensan los médicos." "Pero tú estuviste con ella la víspera, me han dicho incluso que avanzada la noche desaparecisteis los dos en sus cuartos, debes haber notado que no estaba bien...” No podía creerlo. Era tan grande la perfidia del Príncipe, el deseo de herir a su madre y de malquistarme con ella, que había corrido a contárselo, había osado referirse a ese lapso de tiempo, a esa ausencia que él, en realidad, había utilizado para cometer su crimen. “Si tenéis tan fidedignos informantes, Majestad, no sé qué puedo aclararos yo...” Doña María Luisa no tenía mucha paciencia para este tipo de conversación indirecta, y confundiendo las cartas sobre la mesa —de un “crapaud” que desde luego yo iba ganándole— atacó con su franqueza un tanto brutal: “Vamos, Manuel, ¿qué hacías tú encerrado con ésa?” Tenía en el bolsillo interior de mi guerrera la mejor respuesta: la copia de la carta de don Fernando a la Reina de Nápoles. La puse sobre la baraja desordenada. Ya no tenía sentido seguir manteniendo secreta la identidad de “Il Suggeritore”, como había hecho hasta entonces. Y de paso, aclarando mi encierro, desacreditaba una vez más al informante. Porque si bien nunca llegaría a decirle a los Reyes que su primogénito era un asesino, tenía sobradas razones para combatirlo desde ahora como al mismo demonio.

Durante los pocos días que duró la investigación, yo recibía puntualmente los informes al final de la tarde. Nadie creyó en los venenos. Catalina Barajas no hizo referencia alguna a su conversación conmigo y se limitó a decir que “nadie podía querer mal a una mujer tan generosa”. Nadie, aparentemente, y ese fue mi primer alivio, atestiguó que el Príncipe de Asturias hubiera abandonado la reunión para subir al piso alto mientras todos escuchaban al trío. Nadie lo vio entrar ni salir de los cuartos de la difunta. Nadie llamó la atención sobre el vaso veneciano que, para ese entonces —súpelo ahora por Goya— se alineaba entre miles de objetos inocentes en el depósito de Cayetana. Los médicos descartaron airados la posibilidad de un error, aunque uno y otro no coincidían en sus dictámenes y parecían reprocharse uno al otro cierta negligencia, atribuyéndola ambos a la edad de su rival, uno a la juventud y el otro a la vejez. El pote con el verde Veronese no fue encontrado (ni buscado, en verdad) y es probable que haya desaparecido con los escombros de las obras del palacio. El frasco de sales en su saquito de cabritilla cayó en la oscuridad, fue recogido y devuelto a su dueño, y ni éste ni el que lo encontró comentaron tan insignificante accidente. Ese pequeño silencio, en ondas concéntricas, se amplió a un silencio total que lo cubrió todo. El populacho olvidó sus sospechas con la misma frivolidad que las había concebido. Años después don Fernando pudo ser Rey de España. Se le hicieron todos los reproches, se le encontraron todos los defectos, pero nadie dijo nunca que fuera un asesino.

NOTAS

(30) La elección del adjetivo "impotente" no parece casual. Sabido es que Fernando, aunque luego lo remedió, estuvo casi un año sin consumar carnalmente su matrimonio con María Antonia de Nápoles, con la consiguiente preocupación de ambas Cortes. Y el despecho de la propia Princesa.

(31) También se rumoreó, aunque Godoy no lo dice, que él y la Reina habían empleado el curare, veneno con el cual ambos estarían en cierto modo familiarizados. Efectivamente, María Luisa y su hermano Ferdinando, Duque de Parma, fueron discípulos de Condillac en su infancia (lo que desmiente en parte la escasa formación intelectual que se le atribuye) y Condillac conocía las experiencias sudamericanas y los estudios sobre el curare de La Condamine, que había publicado en 1751 (el mismo año del nacimiento de María Luisa) el opúsculo sobre su viaje y sus descubrimientos; en cuanto a Godoy, tuvo contacto con Humboldt en 1799 (Humboldt se entrevistó

con Urquijo, entonces Primer Secretario de Estado, en Madrid, pero también vio a los Reyes y a Godoy) y los vastísimos conocimientos del naturalista sobre la flora americana tenían que incluir necesariamente el curare. Por lo cual, teóricamente, María Luisa y Godoy estuvieron en condiciones de saberlo todo sobre el veneno y, por supuesto, también de obtenerlo en las Indias. Este género de suspicacias no nacía, claro está, del pueblo, sino de personas cultivadas.

Epílogo

NO VOLVÍ A VER A GOYA tras nuestra entrevista de aquella tarde en Burdeos. Guardé siempre viva y presente su última imagen: aquel viejo acabado con los ojillos fijos en la bujía que se consumía, como un secreto holocausto de la memoria, de la fidelidad, del amor. Tres años después, a fines de 1828, supe que había muerto. Unos pocos días antes mi hija me había comunicado desde Madrid la muerte de Mayte, mi mujer, cuya salud yo sabía desde largo tiempo atrás seriamente afectada. Esto sí daba un vuelco a mi vida, por más que no hubiera vuelto a verla desde 1808 y en esos veinte años de separación no hubiera recibido una sola línea de ella. Pero ahora, al fin, quedaba libre para casarme con Pepita, para dar a mi vida personal el orden y la paz de conciencia que nunca había tenido. La noticia de la desaparición de Goya, en medio de esa conmoción, no llegó a impresionarme.

Dos meses después se presentó en Roma un amigo que mi hija utilizó como correo para enviarme unos papeles personales entre los cuales había una carta que decía simplemente: "Para entregar a Manuel a la muerte de Mayte." Reconocí la escritura: era la de mi cuñado Luis, que había muerto en 1823, más de cinco años antes. ¿Qué podía significar ese mensaje póstumo? El sobre lacrado me llenó de presentimientos. Estuve varios días sin abrirlo. Consideré incluso la posibilidad de arrojarlo al fuego. No me producía curiosidad, sino miedo. Al fin, la noche antes de que Pepita llegara de Pisa, dispuesta ya la celebración de la boda con la venia papal, me armé de fuerzas y la abrí. No hago más que transcribir la carta.

UNA CARTA

Mi querido Manuel,

soy un hombre enfermo. Hace ya meses que mi salud es muy mala, empeora cada día y siento, con creciente y cegadora claridad, que el Señor ha decidido llamarme a su seno. Soy joven todavía, no tengo más de cuarenta y cinco años, pero tú sabes que la mía siempre fue una naturaleza enfermiza y las tensiones y zozobras de los últimos tiempos nada hicieron por robustecerla. Los médicos pretenden, sin éxito, engañarme. Pero yo sé que mis días están contados y quiero esperar el fin con paz de espíritu. Eso me lleva a escribirte. Hace veinte años que sobrellevo una pesada carga; quiero aliviarme de ella ahora, y disponerme libremente, del mejor modo posible, a recibir una cristiana muerte, sin que me desvelen otras inquietudes espirituales que las de mi propia salvación.

Yo supongo que Mayte no tardará mucho en seguirme. También su salud es endeble y la han quebrantado años de intenso sufrimiento, un sufrimiento cuya condición es difícil de establecer en ella, porque la Mayte de estos últimos tres lustros, la que tú no has conocido ni visto —y me consta que ni siquiera te ha escrito— no ha hecho sino agravarse en aquellas notas extrañas, evasivas e inaprensibles de su carácter, por lo cual a menudo es imposible adivinar, ni aun con la mucha experiencia que me da el sacerdocio, si su dolor es moral, espiritual o simplemente una excrecencia de su debilidad, una atmósfera psíquica que la envuelve, la atrapa y la tiene como presa en sutiles y ¡ay! quizá diabólicas redes. Pobre hermana mía. En verdad no le deseo una larga vida. Y menos cuando yo falte. He sido su soporte —ella nunca ha sabido encontrar por sí sola el del amor divino— y mi ausencia no hará seguramente sino acentuar su desamparo. ¿O acaso magnifico mi influjo moral, la irradiación de mi amor por ella y la protección que he podido y todavía, por poco tiempo más, puedo brindarle?

Pero no quiero ni debo concederme la vanidad de hablar de mí, ni de mis propias dudas, que las tengo, y angustias, que me las llevaré conmigo a la tumba. Esta carta es para hablarte de Mayte. Y no puedo extenderme en consideraciones laterales. Tengo probablemente poco plazo para escribirla, y seguramente menos fuerzas; las pocas que me va dejando Dios, que día a día, gota a gota, me las arrebata. Confío sin embargo en su misericordia. Me dejará terminar esta carta. Algún día la leerás. Yo dispongo que sea después de la muerte de Mayte. Con esa expresa voluntad la dejo en manos de tu hija Carlota, para que entonces y sólo entonces la haga llegar a las tuyas. Tú vivirás, querido Manuel. Tú eres de la sangre saludable y robusta de tu familia campesina, de tus valles de Asturias, no de ese líquido delicuescente y tenue que corre por mis venas y por las de Mayte, la que acortará nuestro pasaje por la tierra y nos llevará, quizás antes de que nuestras almas estén realmente dispuestas, a la porción del reino de los cielos a que nos hayamos hecho acreedores.

Mayte se salvará. Se lo ruego al Señor cada amanecer y cada noche, y sé que es un ser esencialmente inocente sobre el cual el mal se abatió como un ave de presa. El mal, para Mayte, ha sido nada menos y nada más que la vida misma, su trámite, sus exigencias, su afán. No estuvo nunca preparada para ella, como un bajel que se lanza al mar desprevenido para resistir sus embates, y debe enfrentar una tormenta irresistible para sus frágiles defensas; si no sucumbió del todo a ella, es porque por algún misterioso instinto de conservación —misterioso en ella, quiero decir, tan poco instintiva, tan inepta para navegar los mares— supo buscar una playa recoleta y segura donde encallar. Esa playa hemos sido mi casa, mi protección, mi compañía, yo mismo.

¿Me permites, caro cuñado, que intente contarte en pocas palabras quién es Mayte (quién fue, en qué ha devenido) y cómo ha sido su vida, una vida que durante más de diez años tú como marido compartiste, me atrevo a decir sin percibirla ni comprenderla nunca?

Mayte creció en un mundo aislado, cálido y excesivamente protegido: el que nuestros padres inventaron como su refugio doméstico en Arenas de San Pedro, al que en cierto modo los condenó su casamiento y su exclusión de la Corona, la Corte y las prerrogativas de la familia real. Éramos príncipes, pero no podíamos llamarnos tales; éramos una buena y corriente familia burguesa, pero nos sabíamos príncipes. Estábamos al margen de dos mundos, segregados de la Corte e incapaces de integrarnos en una sociedad distinta, más sencilla y donde gravitaran menos la tradición y el privilegio. Quedamos solos. Una isla. Y en esa isla nacimos Mayte y yo. Ella creció, dulce y vulnerable como fue desde la cuna, sintiendo siempre el amparo del hermano varón, que le llevaba tres años y la prohijó desde el primer día, sin que el advenimiento posterior de una tercera hermana cambiara las cosas para esa singular parejita que atravesó la infancia en una unión casi mística, hecha de amor incondicional, de complicidades, de juegos secretos. Una isla dentro de otra isla. Yo la protegía: de sus debilidades físicas, de sus miedos, de los demás, los extraños, los adultos; y ella me dejaba ser su caballero andante, me hacía sentir a mi vez más fuerte e intrépido de lo que realmente era, aunque sólo fuera por comparación a su desvalimiento. Éramos felices. Lo hubiéramos seguido siendo si la vida no nos hubiera asaltado con sus reclamaciones; me refiero a la vida exterior, la del mundo, la que nos obligaba a abandonar la amenidad de nuestro jardín poblado de pequeños insectos y pequeños misterios, de mariposas y de sueños, y el santuario de nuestros juegos invernales, en los desvanes habitados por soldados de madera, espadas de juguete, falsas barbas, proles de muñecas, y las invenciones fantasmales de nuestra linterna mágica.

Cuando llegó el momento de abandonar todo eso, de ingresar en la vida adulta, de ese temido desgarramiento, yo cometí un acto de salvaguardia personal que tal vez fue una cobardía y una traición hacia Mayte: opté por la religión. Esa carrera, a mis ojos adolescentes, me alejaba menos de mi círculo mágico que las armas o la diplomacia, el mundo, en una palabra. Ella siguió creciendo —a duras penas, a pesar suyo, sin ilusión— más pendiente de mis progresos en la piedad o en la teología, que de los suyos de mujer incipiente, de lo que le iban agregando de gracias la naturaleza, la costumbre, las modas y la perspectiva de un destino matrimonial. En el fondo los dos seguíamos soñando con regresar a nuestro jardín. De hecho, cuando a mí me lo permitían mis estudios eclesiásticos, lo hacíamos, volvíamos a nuestra colección de mariposas, que ella ampliaba en mi ausencia para sorprenderme, o volvíamos a sentarnos, los dedos entrelazados, ante nuestra linterna mágica en la que ahora pergeñábamos imágenes piadosas, las que más nos enternecían: fugas a Egipto, Anunciaciones, ángeles llevando de la mano a Tobías.

Ya ves que no puedo hablar de Mayte sin hablar de mí. Es inútil luchar. Quizás eso sea lo que me hace tan imperiosa esta carta; quizás eso explique que antes de morir quiera escribirla a alguien, más allá de las justificaciones de mi conciencia. Si te he elegido a ti como depositario de todo esto, quizás es porque tú eres el tercer personaje de esta historia, Manuel. El que sin proponérselo representó la irrupción de la Vida, con toda su crueldad, su imperio, su ceguera, en un mundo tan cerrado, tan completo y tan vulnerable como el nuestro. Imagínate un huevo vacío, a un tiempo incomparablemente inexpugnable e incomparablemente frágil.

Tu boda con Mayte se decidió a espaldas nuestras; diría que a las de nuestros propios padres, que fueron consultados por nuestro primo el Rey pero en tales términos que dejaban poco margen a la discusión o a la negativa. Nada es más despótico que una gracia soberana. En descargo de mi padre, debo decir que él, con todo lo que amaba a mi madre, nunca dejó de sentirse culpable por su unión morganática y por haber hecho de sus hijos lo que él afectuosa pero tristemente llamaba "mis pequeños parias"; y que el ofrecimiento de don Carlos IV le dio de algún modo, creo yo, la oportunidad de reparar esa injusticia por lo menos frente a Mayte, que ahora podría llamarse, como él, Condesa de Chinchón, y accedería a través de su matrimonio contigo a las más altas esferas de la vida en la Corte. Todo ocurrió, lo recordarás, con extraordinaria rapidez. Yo mismo, ocupado como estaba en mis propios honores y vanidades —Su Santidad acababa de otorgarme el capelo cardenalicio— no entré a considerar con la gravedad que requería el caso la inmolación que se estaba haciendo de la persona de mi hermana en aras de discutibles razones de Estado. Y no te agravies si hablo de inmolación, querido Manuel, no es en menoscabo o desdoro de tu persona que lo digo, porque creo que de esa brutalidad de las costumbres tú mismo fuiste víctima.

Mayte y tú no debisteis casaros nunca; no estabais hechos el uno para el otro; las ventajas de la unión resultaron a la postre harto insignificantes comparadas con las que había fantaseado la ilusión de los que la proyectaron. Pero, a decir verdad, la propia Mayte no se rebeló en ningún momento al destino que tan desaprensivamente le procuraron los reyes con su idea, mis padres con su consentimiento y tú mismo con tu aceptación. También ella se sometió, sólo que apenas tenía diecisiete años, y ninguna madurez mental ni moral, ni siquiera física, y lo hizo, si no con alegría, por lo menos con el talante suave y sumiso con que siempre obedecía a mi padres y quién sabe, incluso, si no ilusionándose un poco ella misma con su cambio de estado y los honores que la esperaban. En aquellas semanas, recuerdo, nos hicimos retratar los dos por el maestro Goya, el bueno de Francisco, yo con mis ropajes flamantes de cardenal; ella, diría yo, disfrazada de la mujer de mundo que empezaría a ser; y los dos envanecidos de nuestros respectivos, paralelos y brillantes destinos. Pero hay algo que siempre me ha sobrecogido al contemplar los dos retratos. Hay tal profunda inseguridad en el porte y la mirada de cada uno, tal ausencia de aplomo y de confianza en el primero, tales resplandores de incertidumbre en los ojos, que me revelan una verdad entonces inconfesa: no estábamos tan engañados por los honores como queríamos creerlo o representarlo. Somos dos niños asomándonos amedrentados al mundo; yo a mis altos destinos eclesiásticos; ella a los suyos, cortesanos. Dios quiso que yo pudiera sobrellevar mejor los míos. Hasta cierto punto. La desgracia que se abatió sobre mi querida hermana fue también mi Calvario. Así, por decisión de los demás y frívola aquiescencia nuestra, dejamos para siempre el paraíso.

Como sacerdote sé que es muy difícil penetrar la realidad íntima de una pareja de cónyuges. Aunque Mayte buscó en mí desde el principio un refugio para su fracaso matrimonial, nunca fue explícita conmigo en cuanto a definir las razones de ese fracaso. Siempre pensé que sus primeras experiencias con las obligaciones del matrimonio debieron serle en extremo crueles y violentas. No estaba preparada para eso, ni la imagino mínimamente guiada por su instinto o por amigas diligentes en los sinuosos caminos adolescentes de la sensualidad. Desde la primera visita que hice a tu casa después de la boda, lo supe. Algo, que no era físico, se había quebrantado en Mayte. Los ojos se le volvieron, de aprensivos, tristísimos; el andar, de vacilante o desgarbado, trémulo; la voz, de tímida y aniñada, opaca, sin vida. Algo fue quebrado, mutilado, cercenado; en vez de florecer como mujer, Mayte dejó de crecer, se volvió sobre sí misma, se marchitó. Como si su primer contacto con la Vida, la hubiera atemorizado de una vez para siempre. No sé, querido Manuel, cómo fue en efecto tu relación carnal con ella, y hasta a veces he pensado que lo que la horrorizaba era haber descubierto su propia desordenada pasión, una carnalidad demasiado bestial que tú le habrías despertado, y por la que se sentía avergonzada, humillada, condenada. No lo sé. En todo caso, contigo habían irrumpido en su vida las dominaciones: el mundo, el demonio, la carne. Tú no eras libre de darle el amor que puede ser el precio del rescate, ¿verdad? No tuvo otra salida que huir, huir hacia dentro de sí misma, hacia ese mar interior de silencio que, lo recordarás, ya antes de dejar tú España la había inundado y nos daba escalofríos.

Primero fue ese hastío, ese miedo; después vino la maternidad, y otra vez la naturaleza, con sus demandas implacables, fue una prueba demasiado dura para ella. Tuvo un embarazo difícil y accidentado, un parto que casi le cuesta la vida, un desapego revelador hacia la niña que acababa de nacer. No era la hija del amor, sino, déjamelo decir otra vez, de la inmolación. O quizás de la vergüenza, por un apetito con el que no podía reconciliar a la niña de Arenas que hubiera querido seguir siendo para mí. La pobre Carlota, tú lo sabes, ha crecido sin madre, y eso explica su naturaleza exigente y tiránica, insaciable. Aún ahora es ella la que debe velar, cuando no estoy yo para hacerlo, por esa madre que nunca la sirvió o la quiso como tal. El nacimiento de Carlota fue el segundo círculo del infierno que desde su casamiento contigo empezó a descender Mayte. También el retrato que le hizo Francisco durante el embarazo (encargado por mí, que no admitía todavía la magnitud del desastre) trasunta el estupor y el pánico en que vivía y que trataba de olvidar pretendiendo regresar otra vez conmigo a los juegos de la infancia. Pero ya no estábamos en Arenas de San Pedro. Yo ya tenía veintitrés años y era Arzobispo de Toledo; ella tenía veinte y le estaba por dar su primer vástago al Príncipe de la Paz. Detrás de eso, incubaba la tragedia. ¡Qué presentimiento de vida destruida y sin esperanza! Yo mismo, aunque intentaba apoyarme en la fe y en mis actividades pastorales, no lograba quitarme de la cabeza la desesperante melancolía de los ojos de Mayte.

Me lo contó mucho más tarde, reviviendo en espasmos y angustia, el horror de aquellas horas. En el ápice de su agonía de parturienta, te vio como el demonio que le infligía esos tormentos. Sí, Manuel, en su imaginación cambiaste de naturaleza y jerarquía: eras el propio Lucifer. Y desde aquel momento, oscuramente, desde la masa informe de sus rencores irracionales, empezó a crecer, deforme pero nítido, alucinante pero corpóreo, un monstruo: el deseo de vengarse. Era la única respuesta que veía; se sabía herida, se presentía destruida, se quería sumisa; bebería hasta las heces, como su cáliz predestinado, aquel padecimiento, pero se tomaría una venganza. No sabía cómo ni cuándo. Sólo conocía a la víctima. Empezó a tener alucinaciones. A pensar obsesivamente en tu muerte o en tu propio tormento. Pero todos los finales —el campo de batalla, un caballo enloquecido, una fiebre— le parecían demasiado benignos. Te soñaba descuartizado, ahorcado, quemado. Y aun eso era poco para su venganza. Ignoraba que faltaba el elemento liberador: ella y nadie más debía consumarla. Sólo así se restablecería el orden, la justicia, la armonía de este mundo, ella podría cazar de nuevo mariposas conmigo e impalarlas en nuestras vitrinas de Arenas. Todo esto lo supe mucho más tarde, demasiado tarde. De otro modo te lo hubiera advertido y quizás hubiera servido de algo. Por lo menos os hubiérais podido separar ocho años antes —y no esperar tu caída y tu destierro— y se hubiera evitado lo peor. Porque lo peor llegó. Y es la materia de esta carta.

¿Te acuerdas de la última fiesta que ofreció Cayetana de Alba en la misma víspera de su muerte? Tú y yo asistimos y es bien probable que el fin inmediato y sorprendente de Cayetana nos la haya grabado particularmente en la memoria, pero yo voy a hablarte de la fiesta, tal como la vivió Mayte, tal como ella me la volvió a contar a mí unos años después. Trataré de no extenderme en detalles innecesarios. Mayte, recordarás, llegó al Palacio de Buenavista en mi compañía, y creyéndote en La Granja; pero no bien entramos te vimos mezclado entre los invitados, y entre ellos también vimos a Pepita. Fue un primer golpe para Mayte. Ella decía no tener celos de Pepita, ni quererla mal; más bien se compadecía de ella, la consideraba otra víctima de tu genio maligno. Pero el verlos allí a ambos lo entendió como una trampa que se le hubiera tendido (todos de acuerdo: tú, Cayetana, Pepita), una afrenta, una bofetada dada en público, una burla. Por ese entonces en Mayte eso se había ido haciendo una obsesión: la de ser el objeto permanente de la burla de todos, empezando por ti, que dirigías el juego hacia su objetivo. Desde que nunca achacaba tus errores a ligereza o desaprensión, sino a puro y simple deseo de afrentar su persona, de ridiculizarla, de solicitar la cómplice ironía de los otros para tu avieso propósito. Fue mal comienzo para aquella velada. A partir de ahí, Mayte ya quedó descompuesta, y predispuesta, sintiendo que todas las miradas pasaban del sarcasmo a la lástima, temiendo que la noche le deparara aún peores trances. Experimentó también como una provocación el verte platicar aparte con Cayetana (sabía que te veías a escondidas con ella, te hacía vigilar); le llegaban susurros y risas y seguía sintiéndose su blanco. Tu malicia para con ella no tenía límites; podía imaginarte contando vuestras intimidades o sus inepcias de madre o de ama de casa; su fantasía, curiosamente, podía convivir con un suficiente sentido de la realidad como para seguir desenvolviéndose dentro de ésta sin despertar sospechas ni alarmar a nadie; el menor detalle le era alimento; y como en nadie se confiaba y con nadie confrontaba sus conjeturas, éstas no hacían sino fortificarse en su ánimo hasta ser los rígidos barrotes de hierro que la aprisionaban y tras los cuales se debatía secreta e inútilmente en su humillación.

Más tarde, durante la cena, Cayetana bromeó sobre los incendios provocados en Buenavista y barajó la candidatura de los presentes. En su juego desafiante, la propia Reina, tú, la de Osuna, el pueblo mismo eran portadores posibles de las teas alevosas. Mayte quiso hablar, proponerse ella misma como una supuesta mano incendiaria y llegó a decir con su vocecilla átona: "Tus vestidos son demasiado elegantes, Cayetana. ¿No te contaron que me vieron la otra tarde pasearme en mi calesa por el Prado con una tea encendida?" Como siempre que pretendía ser irónica, se extendía demasiado, no era incisiva, perdía la atención de los oyentes. En una palabra, había pretendido hacer una broma. Nadie la oyó, su frase cayó en el vacío, Cayetana le contestó una nadería que demostraba su desatención. Y ella se sintió una vez más rechazada, disminuida. No contaba en aquella mesa, no era nadie, ni como enemiga era tenida en cuenta. Estuvo a punto de abandonar su puesto; el que ni siquiera sus vecinos de mesa advirtieran su estado no hizo más que confirmarla en sus aprensiones: no existía o existía sólo para el desprecio.

Luego vino el paseo por el palacio, la parada en el taller de Francisco, el número de Cayetana a propósito de las pinturas venenosas. A lo largo del paseo Mayte no pensaba ya en otra cosa que en su postergada, inalcanzable venganza, y se entregaba a la fantasía de actos concretos: te veía despeñándote por la enorme escalinata de mármol y llegar abajo hecho un pelele descoyuntado, y debía cogerse de la balaustrada para evitar el vértigo; el mismo fuego de los hachones podía volverse una sola única pira para hacer crepitar y expeler tus demonios en un holocausto definitivo, y el aceite de las antorchas se tornaba una náusea que debía ahogar en el perfume de su pañuelo. El discurso de Cayetana sobre los venenos tuvo como eco una imagen y un efecto más realistas: tú te retorcías en el suelo, agonizante sin remedio ni socorro, aullando tu castigo entre los demás, trocados en estatuas de indiferencia, desdén o condena. Era tan fácil, decía Cayetana. Bastaba oler, probar, tocar con la punta de la lengua aquel polvillo verde esmeralda; bastaba, pensaba Mayte, mezclarlo en el rapé, espolvorear una lechuga, vertirlo en el agua que bebías por la noche. Las imágenes le produjeron un éxtasis; por un momento —¡al fin!— te había visto muerto y ella tenía su premio. Dios la había oído, podía vivir tranquila el resto de sus días, olvidarte. Se desmayó.

Cuando volvió en sí, yo estaba a su lado, nadie hablaba de venenos, te miró y vio un hombre cualquiera, no vio al diablo. Solía ocurrirle en esos trances extremos. Despertaba por un momento a la realidad. Pero no le duraba mucho. Salimos al rato de allí, una vez que ella pareció restablecida en sus fuerzas, y en la puerta de la sala de espejos, nos encontramos con Francisco, que volvía. El diablo le puso otra celada en ese momento. Desvió la mirada, al acaso, y vio por los espejos a Cayetana y a ti departiendo en la penumbra del pasillo. Estabais abrazados, creyó veros besándoos, susurrabais como conspiradores o amantes, os deslizasteis dentro del cuarto y cerrasteis cautelosamente la puerta tras de vosotros. Mayte vio los ojos de Cayetana cruzarse altivamente con los de ella. Otra vez el desprecio. Se cogió fuertemente a mi brazo, para evitar otro vahído, y nos fuimos. El minuto de la realidad había pasado.

Cuando el capellán de Cayetana nos ofreció enseñarnos la capilla y yo acepté, ella dio un pretexto: prefería descansar esperando a los músicos. Yo la dejé pues, sentada entre los otros invitados, y me marché con el capellán. Una vez más, sin adivinar los huracanes de celos y de odio que llenaban aquella suave y adorada cabecita. Ella no esperó mucho. Tenía a su lado a Fernando (nunca habíamos sido amigos suyos, porque nos apartaba de él su crueldad y su doblez, desde niños), pero nos unía un estrecho parentesco y podía, en cierto modo, confiarse a él. Le dijo que se retiraba un minuto, que temía sentirse mal de nuevo e interrumpir a los músicos. Fernando volvió a ofrecerle su frasco de sales. Ella aceptó, lo cogió al vuelo, y salió. El vestíbulo estaba solitario, la escalera también, a la luz de unas pocas antorchas. Subió rápidamente, atravesó galerías y salones, se vio reflejada y multiplicada hasta el terror en cristales y en espejos, pero siguió, imantada, encandilada, hacia el cuarto de Cayetana. Pasó por delante del taller de Francisco, la puerta estaba abierta, Francisco dibujaba de espaldas a la sala. Siguió todavía, se metió en el pasillo oscurísimo, tanteó los muros hasta encontrar la puerta que había visto cerrarse tras de vosotros, se pegó a ella, escuchó.

Al principio no comprendió de qué hablabais; de una carta, de Nápoles, de cosas que no entendía. Pero de repente empezasteis a hablar de un vino y un vaso y un brindis, y hubo silencios y ella pudo imaginar lo que estaba ocurriendo entre vosotros y redobló su desesperación, y si os oía reíros era de ella que os seguíais riendo, y su odio hacia ti crecía, y su necesidad de destruirte... cuando algo pasó, un golpe, un ruido sordo a sus pies (ella no comprendió su causa), y un súbito silencio en el interior del cuarto y el sudor frío y el temor de ser descubierta. Huyó. La sala de los espejos parecía interminable. No llegaría a cruzarla y desaparecer a tiempo, si alguno de vosotros la seguía. Vio abierta la puerta del taller de Goya, se escabulló por ella. Francisco seguía de espaldas, no había advertido su llegada. Oyó un rumor de pasos en el extremo del pasillo. Pensó que eras tú. Tembló. Pero mientras tú no te asomaras dentro del taller, estaba a salvo y... ¡te había burlado! Los pasos se alejaron, la puerta se cerró leve pero nítidamente en el silencio sepulcral. Se quedó allí, ignorada por Goya, exaltada, recuperando el aliento pero ardiendo todavía de furia vindicativa, pequeña, trémula, desvalida Némesis con su vestido rosa pálido y su carita de pájaro perdido en aquella espantosa soledad. Había visto sobre la mesa, al alcance de su mano, el frasco de pintura verde que media hora antes había sido motivo de la disputa entre Francisco y Cayetana. Las palabras le sonaban todavía en el oído, con la resonancia del inminente desmayo. ¡Veneno mortal! El diablo había jugado bien sus cartas.

Volvió a la puerta del pasillo, con el veneno en sus manos, como un cáliz. Escuchó. No se oía nada. Estaríais en la alcoba. Pero tú habías prometido beber más tarde el licor en ese bello vaso, sí, lo habías prometido. No tenía más que entrar y echar un poco de polvo en el vaso que viera sobre el tocador. Demasiado ocupados en la alcoba, no la oiríais. Entró, con la cautela y el paso aéreo que había aprendido con las mariposas. El vaso, lo vio e identificó en seguida. ¡Tan maravilloso, a la luz de los candelabros, esperándola! ¡Una mariposa azul y oro! Echó un poco de veneno en el licor. No oyó nada. También se hace un silencio mágico en torno al cazador de mariposas. El polvillo quedó flotando en la superficie del líquido. Lo revolvió con la cruz de plata y diamantes que llevaba colgada al cuello y era mi regalo de boda. Secó la cruz en los flecos de un chal abandonado junto al tocador. Se marchó sigilosamente, como había entrado. Había capturado su mariposa. ¡Qué éxtasis!

Me la imagino como una autómata atravesando el salón de los espejos, que ahora multiplicaban al infinito su secreto triunfo; en la galería abrió una de las ventanas, el aire fresco de la noche madrileña la arrancó de su trance, comprendió que debía deshacerse del veneno y lo arrojó al patio. Sintió un ruido áspero y sordo. Bajó. Volvió a ocupar su lugar entre los invitados. El trío terminaba su divertimento. Vio a Fernando y recordó el frasco de sales. No lo tenía, no podía devolvérselo. ¿Dónde lo había perdido? Él se lo iba a reclamar de seguro, era una joya. Otra vez la angustia. Los aplausos premiaron a los músicos. Los invitados hablaban entre ellos. Fernando, de momento, olvidaba pedirle el frasco. Sintió el impulso de pedirme socorro. Pero yo había ido a visitar la capilla y ella no se sentía con fuerzas para afrontar otra vez el palacio oscuro y buscarme, aunque le hubiera gustado poder entrar al oratorio, rezar, pedir ayuda, sostén, guía. Cogió el crucifijo en su puño derecho, y oró, allí, sola, sin que nadie se diera cuenta, sin que nadie le prestara atención. Era una de las ventajas del desdén. O más probablemente la veían allí, aislada de todos, el puño al pecho y los ojos bajos, y suponían que todavía no se había recuperado del todo de su desmayo. La música empezó de nuevo. Suspiró aliviada. Eso le daba tiempo. Tiempo para todo. Tiempo para rezar. Tiempo para que yo regresara y le cogiera las manos, devolviéndole las energías perdidas. Tiempo para que, allí arriba, saliendo de la alcoba, tú cogieras el vaso y bebieras. Te vio hacerlo. Llegar descalzo y semidesnudo al tocador, coger el vaso, alzarlo en un brindis, y beber generosamente de él... El vaso se estrelló contra el piso, se oyó un largo quejido de dolor. Era la flauta travesera cantando su dramática zarabanda. Y Cayetana volvía ya, los ojos muy brillantes, el paso indolente, pasando junto a ella sin mirarla, deslizándose hasta cerca de los músicos, para sentarse en el suelo, semiechada sobre un cojín, y escuchar desde allí el final de la partita. ¿Qué había pasado? ¿Te habías quedado solo arriba y estabas por coger el vaso y beber, o Cayetana te había abandonado retorciéndote de sufrimiento sobre el diván del tocador? No habías gritado, sin embargo. Un grito de agonía tiene, por fuerza, que atravesar las salas y las galerías, bajar las escalinatas, buscar hasta encontrar el oído que lo espera como el único premio posible a tanto miedo. Pero el grito no llegó. En su lugar se oyeron voces, voces de hombre, animadas, plenas, que procedían del vestíbulo, y cuando ella se volvió éramos tú y yo que entrábamos con el capellán. Los invitados aplaudían, se ponían de pie y rodeaban a los músicos. Ella te vio entre sus párpados entrecerrados, dirigirte a Fernando y devolverle el frasco de sales. Le pareció una vez más que te sonreías, que Cayetana, sentada todavía en el suelo, sonreía también para sus adentros.

Otra vez se burlaban de ella, la despreciaban. Había envenenado inútilmente el vaso. Tú eras más listo. No habías bebido. No se contuvo y dejó escapar un gemido. Fui a socorrerla, como siempre, pero tú estabas más cerca y te me adelantaste. Te ofreciste a llevarla a casa y yo no pude oponerme a que lo hicieras. Ella por supuesto, no se oponía nunca. La sumisión también era una venganza. Sé que regresasteis en silencio. Ella esperaba todo el tiempo que tú le dijeras algo del veneno; lo hubiera preferido. Era peor que no le dijeras nada, que ignoraras que ella, por una vez, había sido capaz de enfrentarte, de atacarte, de devolverte en la misma moneda de crueldad las mil muertes que le habías hecho padecer. Te odió más que nunca, porque habías sobrevivido.

Al día siguiente se enteró de la muerte de Cayetana. Y comprendió lo que había ocurrido. Era algo que en ningún momento había pensado. El veneno estaba destinado a ti. ¿Por qué Dios le iba a hacer esa terrible jugarreta? No pudo ir al funeral, cayó en una tremenda postración nerviosa —que a nadie en verdad extrañó demasiado, tan deplorable era su estado en aquellos días —y temía delirar, acusarse. Su acto de justicia se había convertido, por misterioso designio de la Providencia, en un crimen.

No necesito decirte que nada de esto supe bajo secreto de confesión. Fue dos años después que, espontáneamente, me lo contó. Apareció un día de verano, transparente de delgadez y de zozobra en mi Arzobispado de Toledo y me dijo que necesitaba descansar de la niña y de los trajines de la casa; que venía a quedarse una, dos, tres semanas, el tiempo que yo quisiera tenerla conmigo. Intuí que necesitaba algo más que mi compañía, pero me abstuve de decirle nada. Esperé que ella misma se manifestara; anduvo varios días vagando sin rumbo por Toledo, perdida por los claustros, asomándose a los puentes, agostándose al sol o escurriéndose como una sombra por el Arzobispado, sin rumbo fijo, huidiza, callada, inasible y tenue como una de aquellas mariposas que cazábamos en la infancia. Pero yo no me proponía cazarla; esperaba que se posara, que viniera a mí, y sabía que al fin lo haría. Un día que descansábamos de la canícula bajo un viejo olivo, se derrumbó lenta, lentamente a mi lado, como la figura de un sueño; y cogiéndome una mano sobre mi regazo empezó a hablar lenta, lentamente, como si no hiciera más que seguir una historia que estuviera contando desde siempre, y que se hallaba, de algún modo, fuera del tiempo. Lo contó todo. Era muy extraño. No estaba arrepentida. No tenía conciencia de una culpa ni de una responsabilidad. Tú seguías siendo el culpable de todo. De su sufrimiento, de su desvelo, y sí, también de sus actos de aquella noche. Pero no podía seguir viviendo a solas con su secreto. Sabía que yo podía ayudarla a llevarlo, como cuando éramos niños, y los secretos se nos hacían intolerables, y buscábamos la sombra de un olmo o el rincón más oscuro del desván de nuestros juegos para contarnos, bajo juramento, algo tan inocente como haber pedido a los Reyes Magos una nueva red o haber roto en un descuido los dedos de la muñeca de porcelana o haber escrito una comedia para el santo de nuestro padre. Así me hablaba, secreteando, como si sólo la complicidad confiriera importancia a lo que me contaba, y esto fuera nimio: Cayetana muriendo envenenada no pesaba más que los dedos de la muñeca. Yo ya sabía que estaba loca.

Ese cuento que parecía no haber empezado sino al comienzo de los tiempos, en la niñez de Arenas de San Pedro, pareció también no terminar nunca, prolongarse a lo largo de los días y las noches de Toledo, en aquella juventud amasada de muerte que era la nuestra; yo tenía veintisiete años entonces, ella no más de veinticuatro, pero ya no nos quedaba otra cosa para el resto de nuestros días que contar la una y escuchar el otro, desasosegarse y procurar la calma, desesperarse y consolar, ella a mis pies, su manecilla sudada en mi mano tremante, y las dos en mi regazo húmedo y estéril, para siempre. Se quedó muchos meses, no recuerdo cuántos y su cuento fue como una sola estela continua, en que se engastaban mis devociones. Yo trabajaba muchísimo entonces en mis tareas pastorales. Pero ese tiempo no contaba, se desvanecía, era sólo treguas del tiempo verdadero, que era el tiempo del cuento sin principio ni fin.

Cuando tú abandonaste España, cuatro años más tarde, sin que mediara palabra alguna entre ella y yo, hizo sus bártulos y se vino a vivir definitivamente conmigo. Ahora traía a la niña, que ya era grandecita y aliviaba las horas con sus gracias, pero Mayte estaba siempre al acecho de la noche y aguardaba que las niñeras se llevaran a Carlota, para apretarse contra mis rodillas, contando. Era curioso. No quería saber más de ti, no respondía tus cartas, apartaba con repugnancia las que tú me escribías, desviaba la conversación de una manera abrupta y destemplada si alguien preguntaba por ti; pero luego, en el silencio nocturno, tú eras su único tema, y se enredaba *ad infinitum* en los recuerdos de vuestra vida juntos. Todos éstos, es cierto, parecían congelarse un cierto 22 de julio, como si el demonio hubiera sido exorcisado aquella noche con la serie ordenada, concatenada y fatal de imágenes objetivamente expuestas y pulidas hasta el agotamiento: el beso en el espejo, el veneno en la mesa de Goya, el vaso en el tocador, la cruz de plata revolviendo el vino... Y la otra visión, la imaginaria: Cayetana bebiendo inadvertidamente después de la fiesta.

El tiempo pasó. Yo tuve responsabilidades políticas que me alejaron de Toledo y de ella, aunque no conseguía olvidarla. Estuve en Cádiz con las Cortes, en Madrid ocupando la Regencia, en Valencia recibiendo a aquel que el pueblo dio en llamar "el Deseado". Cuando regresé en 1814, confinado por el Rey en Toledo, la encontré muy cambiada. Había empezado a refugiarse en las devociones y las confituras; se había ido convirtiendo en una mujer gruesa y plácida, de expresión muy juvenil y algo tonta, que sólo hablaba de rezar y de comer, de Dios y de turrones, sin distinguir demasiado una cosa de otra. Mi confinamiento duró seis años y fue muy triste, menos que por verme apartado de la política por decisión —y desconfianza— del soberano, por la melancólica contemplación de esa Mayte transformada, que ya no acechaba por las noches el momento de hallarse a solas conmigo, sino el de encerrarse a comer los dulces que el médico insistía vanamente en prohibirle. Ya casi nunca hablaba del pasado. Cuando lo hacía, eran referencias frías, áridas, impersonales, como quien se conforma con dar dos o tres claves imprescindibles de un asunto demasiado conocido para concederle todavía atención o un resto de emoción. Todo esto, supuse, es la salud relativa que por caminos tortuosos e indirectos sabe encontrar la locura. Una forma de evadirse y sobrevivir. Un padrenuestro, diez mazapanes, un gloria. Dios sabrá perdonarme esta irreverencia, pero quiero darte la versión más aproximada posible a la verdad.

Hace tres años, con el regreso de los liberales, volví a la actividad política, lo sabes, como Presidente de la Junta Provincial. Volví a alejarme de Mayte. Ella ha quedado en Toledo, pero la llegada de Carlota, con su marido italiano y los hijos que han ido llegando ha dado un tercer aliciente a su vida: ahora suma los nietos a su piedad y a su gula, y es extraordinario ese tardío nacimiento del sentimiento maternal en una mujer que no pudo tenerlo en absoluto hacia su propia hija. Ya no queda nada de la niña de Arenas, de la adolescente que me aguardaba al término de mis cursos de teología, de la mujer pálida y temblorosa que apareció en Toledo hace veinte años. Sin embargo, sé que la suya es una vida de sufrimiento, una agonía enmascarada de sosiego. Está demasiado gorda; los médicos desesperan de curarla, y ella no colabora con ellos sino con la enfermedad; no le dan muchos años de vida.

Me sobrevivirá, pese a todo. Yo me acabo ya, Manuel. A mi mala salud de siempre, añádele los afanes que me ha hecho vivir mi país a lo largo de quince años de invasiones, luchas fratricidas, esperanzas truncas una y otra vez, y fracasos, fracasos, fracasos; añádele sobre todo el dolor de Mayte, que es el mío, que no me ha dejado un momento a lo largo de todo este tiempo, porque haberla perdido —primero en tus manos, luego en las de la locura— ha sido una privación de la que no he sabido consolarme, hasta el punto que ahora pienso con nostalgia en aquellos años de Toledo en que cada noche esperaba verla caer de rodillas a mis pies, coger mi mano, apoyar su cabeza en mi regazo purpurado, y contar sin principio ni fin, infinitamente, su tragedia. Que era —es— una sola cosa con la mía.

¿Conoces un capricho de Francisco que él ha llamado "Volavérunt"? Una mujer va por los aires, con una mariposa en la frente, como una gran estrella luminosa, y un montón de monstruos agazapados a sus pies. Cada vez que lo veo pienso en el alma de Mayte, que siempre cifró su vuelo en el tenue aleteo de las mariposas de su infancia, en el suave, tibio y susurrante misterio de nuestra adolescencia compartida, y no pudo, por más impulso que tomara para despegar del suelo, conjurar los monstruos de su camino: el mundo, el demonio, la carne, todo lo que tú convocaste en su vida sin proponértelo.

Otra vez te lo digo: no es una acusación, Manuel. Pero me duele como una llaga tu ignorancia de Mayte, de su sufrimiento, de su vía crucis. Me es irremediable escribirte. Y acabo. Me ha costado demasiado esfuerzo. Es probable que me haya acortado aún más la vida. Debo recogerme. Pido al Señor que no tarde en llevarme con él, y ojalá venga esta noche misma. Lo esperaré junto a Mayte: no la de ahora, sino la del recuerdo; no la de los monstruos, sino la de las mariposas.

Dios te guarde, Manuel. Tu cuñado (que hubiera deseado no serlo nunca)

LUIS

FIN DEL EPÍLOGO

HACE VEINTE AÑOS que recibí esta carta. De a poco, me he ido acostumbrando a ella, he ido cancelando, lenta y afanosamente, mi propio relato de la noche del 22 de julio de 1802. Al fin y al cabo, todo mi error nace de un juego de manos: el frasco de sales pasó, sin que yo lo supiera, de las del Príncipe a las de Mayte, y ese solo insignificante detalle invalida lo que fue casi treinta años mi convicción profunda, lava de culpa al Príncipe, me arrebata ese triunfo que yo podía jugar —y nunca había jugado— de cara al juicio de los siglos. Verdad es que la carta de Luis me revela una ignorancia más terrible que la de quien detentaba o no la posesión de un frasco de sales: mi ignorancia de Mayte, de lo que acechaba al fondo de sus silencios. ¿Dónde empiezan los crímenes en esta historia diabólica?

En una de mis mudanzas de casa se extravió el dibujo de Goya, el de la maja y el vaso de veneno. Nunca he visto el grabado de que él y Luis coincidieron en hablarme: el "Volavérunt". ¿Le hubiera encontrado yo aún otro sentido? He olvidado mis latines. Ni siquiera sé lo que significa esa palabra: Volavérunt...

París, 1848.

Hace veinte años que escribí esta carta. De [illegible], me he ido acostumbrando a ella, de tan consultada, leída y releída; solamente [illegible] propio relato de la noche del 22 de julio de 1812. Al fin y al cabo, todo mi error nace de un juego de manos: el frasco de sales [illegible] que yo le supliqué [illegible] del Príncipe a la de Mayor [illegible] ese [illegible] detalle [illegible] que [illegible] con treinta años mi convicción profunda, lava de culpa al Príncipe, me arrebata ese triunfo que yo podía [illegible] y mucho había jugado [illegible] de cara al juicio de los siglos. Verdaderamente que la carta de Luis me revela una ignorancia más terrible que la de quien [illegible] o de la posesión de un frasco de sales: mi ignorancia de Mayor [illegible] de lo que [illegible] al fondo de sus silencios. ¿De qué emplearán los crímenes en esta historia diabólica?

En una de mis mudanzas de casa se extravió el dibujo de Goya, el de la [illegible] y el vaso de veneno. Nunca he [illegible] el grabado de [illegible] y Luis coincidieron en hablarme del "Volavérunt". ¿Le atribuiría [illegible] yo algún otro sentido? He olvidado mis latines. ¿Alguien [illegible] qué significa esa palabra: Volavérunt?

Pau, 1988

Índice

Primera advertencia 5
Segunda advertencia 10

MEMORIA BREVE... 13
Advertencia al lector 15
Roma, noviembre de 1824... 22
Informe del Ministerio de Policía. Madrid, julio-agosto de 1802 38
Roma, noviembre de 1824 (cont.) 64
Burdeos, octubre de 1825 72

RELATO DE GOYA 91
Advertencia 93
I 95
II 120
III 145

MI RELATO 169
I 171
II 199
III 222

EPÍLOGO 233
Una carta 237
Fin del epílogo 263

NOVELAS GALARDONADAS CON EL
PREMIO EDITORIAL PLANETA

1952. EN LA NOCHE NO HAY CAMINOS. *Juan José Mira*
1953. UNA CASA CON GOTERAS. *Santiago Lorén*
1954. PEQUEÑO TEATRO. *Ana María Matute*
1955. TRES PISADAS DE HOMBRE. *Antonio Prieto*
1956. EL DESCONOCIDO. *Carmen Kurtz*
1957. LA PAZ EMPIEZA NUNCA. *Emilio Romero*
1958. PASOS SIN HUELLAS. *F. Bermúdez de Castro*
1959. LA NOCHE. *Andrés Bosch*
1960. EL ATENTADO. *Tomás Salvador*
1961. LA MUJER DE OTRO. *Torcuato Luca de Tena*
1962. SE ENCIENDE Y SE APAGA UNA LUZ. *Ángel Vázquez*
1963. EL CACIQUE. *Luis Romero*
1964. LAS HOGUERAS. *Concha Alós*
1965. EQUIPAJE DE AMOR PARA LA TIERRA. *Rodrigo Rubio*
1966. A TIENTAS Y A CIEGAS. *Marta Portal Nicolás*
1967. LAS ÚLTIMAS BANDERAS. *Ángel María de Lera*
1968. CON LA NOCHE A CUESTAS. *Manuel Ferrand*
1969. EN LA VIDA DE IGNACIO MOREL. *Ramón J. Sender*
1970. LA CRUZ INVERTIDA. *Marcos Aguinis*
1971. CONDENADOS A VIVIR. *José María Gironella*
1972. LA CÁRCEL. *Jesús Zárate*
1973. AZAÑA. *Carlos Rojas*
1974. ICARIA, ICARIA... *Xavier Benguerel*
1975. LA GANGRENA. *Mercedes Salisachs*
1976. EN EL DÍA DE HOY. *Jesús Torbado*
1977. AUTOBIOGRAFÍA DE FEDERICO SÁNCHEZ. *Jorge Semprún*
1978. LA MUCHACHA DE LAS BRAGAS DE ORO. *Juan Marsé*
1979. LOS MARES DEL SUR. *Manuel Vázquez Montalbán*
1980. VOLAVÉRUNT. *Antonio Larreta*